La captive de la forêt

MILLIE ADAMS

La captive de la forêt

Traduction française de
JULIETTE FUHS

AZUR

HARLEQUIN

Collection : Azur

Titre original :
A VOW TO SET THE VIRGIN FREE

HARPERCOLLINS FRANCE
83-85, boulevard Vincent-Auriol, 75646 PARIS CEDEX 13
Service Lectrices — Tél. : 01 45 82 47 47 - www.harlequin.fr
ISBN 978-2-2804-9352-9 — ISSN 0993-4448

Composé et édité par HarperCollins France.
Imprimé en août 2023 par CPI Black Print (Barcelone)
en utilisant 100% d'électricité renouvelable.
Dépôt légal : septembre 2023.

MIXTE
Papier issu de sources responsables
FSC® C159065

Pour limiter l'empreinte environnementale de ses livres, HarperCollins France s'engage à n'utiliser que du papier fabriqué à partir de bois provenant de forêts gérées durablement et de manière responsable.

1

Athéna n'avait aucun souvenir de sa vie avant la forteresse. Situés sur les rives de la mer Noire, en Russie, les hauts murs sous haute sécurité dominaient sa mémoire. Elle avait dû avoir une autre vie, avant... Simplement, elle ne s'en rappelait plus.

Elle avait huit ans quand on l'avait amenée à la forteresse. Voilà tout ce dont elle se souvenait : elle, à huit ans, debout devant une très belle femme au regard triste. Des larmes coulaient sur ses joues quand elle avait posé les yeux sur Athéna en murmurant : « Ma fille. »

De fait, elle était devenue sa fille ce jour-là. Ou plutôt, une poupée, un exutoire à ses peurs et ses déceptions, un jeu dont on se divertissait sans jamais s'en départir.

Avec le temps, Athéna avait fini par comprendre que sa vie n'avait rien de normal. On ne la laissait jamais sortir, et son unique amie était une fille du nom de Rose qui officiait auprès d'elle comme servante. Pourquoi Rose était-elle traitée en domestique, quand elle-même était gâtée comme leur fille ? Athéna s'était souvent posé la question, sans parvenir à trouver de réponse satisfaisante.

Hélas, depuis le départ de Rose, elle avait bien trop de temps à tuer, d'où ses incessantes interrogations. Désormais, elle était seule. Désespérément seule.

Quelques semaines plus tôt, celui qui se disait son père – le seul père dont elle se souvienne – était venu lui annoncer qu'elle aussi partirait bientôt.

Il était temps qu'elle se marie. C'était sans doute vrai, cependant, en dépit de ses vingt-huit ans, Athéna n'avait aucune expérience pratique de la vie. Elle avait surtout été surprise à l'annonce de son père, car elle n'avait jamais cru que sa mère la laisserait partir. *Naya*... Le nom de la première fille de sa mère. Cette enfant parfaite, tellement chérie. Athéna avait été adoptée pour la remplacer.

Elle avait dû se retrouver orpheline et ses parents adoptifs l'avaient recueillie. Athéna n'avait jamais manqué de rien et, à vrai dire, elle n'imaginait pas une vie hors de la forteresse.

Au début, ce mariage avait éveillé quelque chose de nouveau en elle. Elle ne connaissait pas l'homme à qui son père comptait l'offrir. Mais, après tout, elle ne connaissait personne. Alors, quelle importance ? Peut-être ce mariage serait-il une expérience merveilleuse. C'était en tout cas l'occasion de vivre quelque chose d'inconnu. De voir un monde nouveau. D'être quelqu'un d'autre.

À ses yeux, l'amour romantique n'était qu'un fantasme vague et sans forme. Aussi avait-elle décidé d'attendre de voir ce qui arriverait, plus curieuse qu'inquiète.

Puis elle l'avait rencontré. Mattias. Un homme plus âgé, à l'aura inquiétante.

Sa mère avait supplié son père de ne pas la donner à cet homme. Mais il était déterminé.

— Tu l'as toujours trop gâtée, avait-il décrété, comme si Athéna n'était pas présente dans la pièce. Tu t'es surtout fait plaisir à toi-même en jouant à la poupée avec elle, mais à présent, j'entends bien qu'elle me soit utile. Elle l'épousera, c'est décidé. Nous avons des dettes qui doivent être payées.

— Mais enfin, ces dettes n'ont-elles pas été réglées quand Arès a acheté Rose ?

— Ce n'était pas suffisant, et je refuse de m'adresser de nouveau à Arès.

Athéna n'écoutait plus vraiment. Une poupée... Le mot l'avait heurtée de plein fouet. Pourtant, il avait résonné en elle avec la force de la vérité. Voilà, c'était dit : elle n'avait jamais été plus qu'un lot de compensation pour remplacer l'unique enfant de sa mère, morte à la fleur de l'âge, peu après avoir quitté la forteresse pour se marier.

Sa mère avait été toujours à la fois dépendante et pleine de ressentiment vis-à-vis d'elle. Ainsi, Athéna n'avait jamais ignoré la place centrale que Naya tenait dans le cœur de sa mère, pas plus que les différences qui existaient entre elles. Néanmoins, elle avait été chérie, et, même si ce n'était pas toujours facile à vivre, c'était le seul amour qu'elle ait connu.

Rose avait joué le rôle de la servante, Athéna celui de la fille choyée. En fin de compte, l'une comme l'autre serait vendue pour payer les dettes de son père.

De toute évidence, elle n'avait pas été une aussi bonne fille qu'elle l'avait cru. Car on n'envoyait pas une fille aimée affronter un destin aussi lugubre. Mattias la terrifiait. Elle avait lu la vérité de son âme dans ses yeux : c'était un homme qui aimait faire du mal.

On allait la livrer à ce monstre sans qu'elle ait son mot à dire. Mattias vivait dans le Nord, en Écosse, et c'est ainsi qu'Athéna se retrouva dans une voiture, en direction des Highlands, après un interminable vol depuis la Russie.

Le SUV noir roulait au milieu d'autres véhicules en tout point identiques. Un convoi pour sa sécurité, avait dit son père, visiblement aveugle à la cruelle ironie de ces mots.

Athéna regardait le paysage défiler par la vitre opaque. Les montagnes escarpées sous le lourd ciel gris chargé de nuages avaient tout pour inspirer l'ébahissement. Oui, ce décor était bien différent de la morne mer Noire à laquelle elle était habituée. Seulement, elle était trop inquiète pour se laisser submerger par quoi que ce soit d'autre que l'angoisse.

Athéna avait passé sa vie dans une cage joliment ouvragée. La forteresse avait été meublée comme une villa de luxe et, sans son niveau de sécurité maximale et son éloignement du monde, elle n'aurait eu aucune raison de porter ce nom. Ses appartements étaient confortables et magnifiquement décorés.

Cependant, elle était constamment sous surveillance. Jamais isolée, et profondément seule.

Sa situation n'avait pas changé depuis le premier jour, pourtant, ce n'est qu'avec le temps qu'elle avait commencé à ressentir le poids de ce paradoxe. Et le sentiment d'oppression n'était apparu que quelques années plus tôt. C'était comme si un déclic s'était produit en elle. Naya était partie pour vivre sa vie. Athéna n'en avait aucune.

Un jour, elle avait demandé à sa mère quand elle serait autorisée à partir vivre ailleurs. « Naya est morte hors de ces murs. Je ne te perdrai pas à ton tour, Athéna. » Ces paroles n'étaient pas l'expression d'une tendresse maternelle, mais la proclamation du désespoir et Athéna avait compris : elle n'aurait jamais la liberté de choisir sa propre existence.

Ainsi, dans cette forteresse trop isolée, elle avait peu à peu pris conscience qu'elle était prisonnière, à tel point que son premier mouvement avait été de considérer le mariage avec un inconnu comme une aventure bienvenue.

Désormais, elle était parfaitement objective sur sa situation. Elle n'était pas leur fille, elle était leur captive. Une captive que son père utilisait comme moyen de marchandage.

Elle n'avait plus le choix. Elle devait le faire. Sans quoi, elle demeurerait pour toujours la créature malléable et dépendante qu'ils avaient fait d'elle. Incapable d'exister pour elle-même. Un simple jouet au service des autres. Une *poupée*, comme l'avait si justement dit son père.

Face à ce prétendu père, elle avait mimé l'enthousiasme à la perspective de ce mariage. Elle l'avait assailli de mille questions, et puisqu'il la sous-estimait, il avait répondu à toutes. Il lui avait expliqué les étapes de leur voyage dans le détail. Athéna ignorait jusqu'alors qu'elle était capable d'une telle duplicité.

Munie des détails qu'il lui avait fournis, elle avait utilisé l'accès limité qu'on lui autorisait à Internet pour étudier les lieux où elle serait conduite. Ainsi, elle savait qu'ils traverseraient une forêt dans environ deux kilomètres. Ce serait son unique chance et elle la saisirait.

Elle serait très probablement reprise. Athéna peinait à imaginer un scénario où l'un des hommes de son père ne la capturait pas aussitôt. Elle était certes rapide, mais ils l'étaient davantage. Peu importait. Elle devait tenter sa chance. Il le fallait.

Elle avait passé sa vie entière sous la coupe d'autrui. Chaque décision la concernant avait été prise par d'autres. Pendant des années, cet état de fait avait été la seule réalité dont elle puisse se souvenir, aussi l'avait-elle acceptée. Mais l'illusion s'était brisée quand elle avait enfin *vu* la véritable nature de son père. La première brèche s'était faite quand elle avait appris qu'il avait vendu Rose à Arès, comme si elle n'était qu'un objet. Puis quand il avait décidé de la marier elle aussi, au mépris de ses sentiments. Et plus encore, au mépris de sa sécurité.

Depuis lors, elle n'acceptait plus ce qu'elle subissait comme une fatalité. Et si elle parvenait à s'échapper, elle découvrirait la vérité sur celle qu'elle avait été les huit premières années de sa vie. Avant la forteresse... Peut-être cette vérité ne serait-elle pas belle. Mais sa situation actuelle n'était pas franchement reluisante. Elle n'avait rien à perdre, après tout. Fuir était un geste futile, sans doute, mais courageux.

Athéna saisit le bon moment dès qu'il se présenta. La voiture ralentit pour prendre un virage juste en lisière de la forêt. Si elle pouvait s'enfoncer dans les bois, elle pourrait émerger de l'autre côté, trouver refuge dans un village, de l'aide peut-être... Elle avait besoin d'essayer pour ne pas renoncer définitivement à qui elle était.

Elle portait un long manteau spectaculaire. Ses parents – quel autre nom leur donner ? – n'avaient pas commenté ce choix vestimentaire. Le manteau lui avait tenu bien trop chaud pendant les longues heures de vol, mais au bout du compte, cela en valait la peine : elle avait caché un petit sac dans les replis du vêtement. Une réserve avec de l'eau, un peu de nourriture et de quoi se protéger des éléments extérieurs.

Sans hésiter une seconde, Athéna défit sa ceinture, ouvrit la portière et, le manteau serré autour d'elle, elle se jeta hors de la voiture. Elle atterrit rudement sur l'herbe de l'accotement et roula en direction de la forêt. Enfin, elle parvint à se relever et, sans perdre de temps à jeter un regard en arrière pour voir si la voiture s'était arrêtée, elle s'élança de toute la vitesse de ses jambes.

Elle courut comme si une horde de chiens de l'enfer était à ses trousses, parce que c'était exactement le cas. Elle courut de toutes ses forces, de toute sa volonté si longtemps écrasée. Elle prit légèrement vers la gauche, parce qu'elle savait que c'était la direction du village le plus proche sur la carte.

Autour d'elle, la forêt était sombre, épaisse. C'était son plan : emprunter le chemin le plus dense et impraticable, celui auquel ils ne penseraient jamais, parce que la traversée en était bien trop difficile. Tout le monde la prenait pour une fille choyée. Personne ne soupçonnait le feu qui couvait à l'intérieur, allumé par la trahison de son père. Parce qu'ils la sous-estimaient, ils perdraient sa trace.

Athéna ne cessa de courir que lorsqu'elle remarqua que les bois se faisaient plus clairsemés. Elle ralentit alors pour observer les alentours, confuse. Elle ne se rappelait pas avoir noté un passage moins dense sur la carte. Cela dit, c'était une forêt sauvage, loin de toute civilisation, il était probable que certains endroits n'aient jamais été explorés.

Elle reprit sa course jusqu'à ce que ses jambes la lancent douloureusement et que le froid lui glace les os. La pluie s'était mise à tomber et le feuillage trempé se révéla être une sérieuse difficulté. Tout ce qu'elle touchait détrempait son manteau, et le coûteux vêtement qu'elle avait espéré protecteur se transforma trop vite en lourd fardeau.

Pour couronner le tout, elle était manifestement perdue et elle perçut non loin des bruits de brindilles brisées. Quelles créatures habitaient ses bois ? Elle avait négligé un pan important de ses recherches. Bientôt, elle prit peur : l'épuisement et l'hypothermie pouvaient lui être fatals. C'est alors qu'elle l'aperçut dans la pénombre : un petit amoncellement de pierres surmonté d'un toit de chaume. Si la construction était délabrée, au moins, elle y serait au sec.

Elle poussa la porte de bois en trébuchant de fatigue. Les murs et le sol étaient constitués des mêmes pierres épaisses et il y régnait une chaleur surprenante. De toute évidence, ni le vent ni l'humidité ne parvenaient à s'immiscer jusqu'ici. Certes, si ses poursuivants tombaient sur cette chaumière, ils la chercheraient forcément à l'intérieur, mais quel autre choix avait-elle ?

S'allonger à même les fougères ne la protégerait pas mieux, alors qu'elle était sur le point de s'évanouir. Athéna se laissa tomber sur le sol dur. Misérable et tremblante, elle se blottit en boule et fit de son mieux pour calmer ses claquements de dents. Enfin, elle tomba dans un sommeil agité.

Bientôt, un rêve troublant la visita : elle avait l'impression d'être pleinement réveillée et de flotter au-dessus du sol dans un état de confort absolu. Elle se sentait au chaud, en sécurité, maintenue par des bras protecteurs. Athéna s'accrocha à ces sensations merveilleuses pour mieux les savourer. Pour la première fois, elle se sentait protégée.

Puis tout s'évanouit dans une obscurité profonde et elle fut contrainte d'abandonner les dernières bribes du songe en plongeant dans l'inconscience.

Athéna se réveilla en sursaut. Elle découvrait avec stupeur qu'elle était installée dans un confortable fauteuil, les pieds relevés sur un pouf. Une tasse fumante était posée sur une petite table à sa droite, accompagnée d'une pâtisserie. Son ventre réagit aussitôt : elle était affamée...

Elle prit néanmoins le temps d'observer la pièce. L'endroit ressemblait à un vieux château gothique. Son rêve étrange prit soudain tout son sens. Ce sentiment d'être portée, soulevée au-dessus du sol... ce n'était pas un rêve ! Quelqu'un l'avait trouvée et amenée ici !

Comme elle posait des yeux médusés sur les lieux, la vaste cheminée s'enflamma d'un seul coup, la faisant sursauter.

— Qui est là ? lança-t-elle d'une voix tremblante.

Athéna ne croyait pas en la magie. Comment l'aurait-elle

pu après l'existence qu'elle avait menée dans la forteresse ? Pourtant, cette brusque flambée évoquait un enchantement.

Toutefois, le froid qui la glaçait jusqu'aux os était parfaitement réel, lui. Frissonnante, elle tendit les mains vers la tasse fumante. Elle n'aurait sans doute pas dû se fier à son contenu, mais elle était assoiffée, affamée et glacée. Ses besoins primaires devaient être satisfaits en priorité. Dès qu'elle fut réchauffée et rassasiée, le sommeil l'envahit de nouveau sans qu'elle puisse lutter.

— Eh bien, qu'avons-nous là ?

La voix qu'elle perçut avant d'ouvrir les paupières était rude et teintée d'un accent écossais. Sous le coup d'une peur instinctive, elle se redressa, les mains crispées sur les accoudoirs. Brutalement tirée du sommeil, Athéna regarda partout autour d'elle, en quête de celui qui avait parlé.

— Parlez, *lass*.

Il lui semblait que la voix profonde résonnait dans tout son corps, en même temps qu'elle parvenait à ses oreilles. Une sorte de tonnerre grondant.

— Je... je m'appelle Athéna.

— Une déesse guerrière, commenta la voix qui s'était faite plus basse. Êtes-vous venue me faire la guerre ?

Elle tourna la tête en tous sens, de plus en plus troublée.

— Non. J'ai fui mes geôliers. Quelqu'un m'a amenée ici.

— Des geôliers ?

— Oui. En fait, il s'agit de mon père. Mon père adoptif. Je suis partie vivre chez lui quand j'avais huit ans, et maintenant il compte me vendre dans le cadre d'un mariage.

— Je vois. Donc, vous fuyez un mariage arrangé.

— Ne le feriez-vous pas, à ma place ?

Un rire guttural lui répondit.

— Je n'ai nul besoin de fuir quiconque.

Cette voix grondante était si particulière qu'elle peinait à imaginer à quel genre d'homme elle pouvait appartenir.

— Qui êtes-vous ?

— Judicieuse question… à laquelle je ne suis pas obligé de répondre puisque vous êtes une intruse sous mon toit. Mais continuez de parler.

Que voulait-il entendre, exactement ? Elle n'avait rien de plus à ajouter, sinon…

— Me protégerez-vous de mon père ? Si ses hommes de main viennent ici, me garderez-vous à l'abri ?

— Tout dépend, petite déesse. Seront-ils armés ?

— Oui, ils ont des revolvers.

— Des revolvers ? Quelle barbarie ! Autrefois, les hommes s'affrontaient dans des combats au corps à corps. Ou à l'épée. On les appelait alors Barbares. Au moins, ainsi, on pouvait contempler son ennemi dans les yeux. On ne pouvait ignorer ce que l'on faisait quand on l'abattait.

— Philosopher sur les différentes manières qu'ont eues les hommes de s'affronter ne m'aide pas vraiment. Je suis peut-être une déesse guerrière, mais, pour l'heure, personne n'a pris la peine de se battre pour moi.

— Il me semble qu'Athéna se bat pour elle-même.

— Et c'est ce que je fais, en l'occurrence. J'ai besoin que quelqu'un prenne ma défense.

— Dommage, je ne travaille pas sans rétribution.

— Que voulez-vous en échange de votre protection ?

Athéna avait peur. Néanmoins, elle avait beau ne pas voir l'homme qui parlait et ne rien savoir de lui, elle n'entendait pas dans sa voix la cruauté qu'elle avait perçue chez Mattias. Elle était folle de le faire, pourtant, elle se fiait à son instinct.

Son père faisait des affaires avec de nombreuses personnes différentes. Beaucoup, parmi elles, étaient dangereuses. Elle savait reconnaître le mal chez les hommes. C'était une question de survie.

— Que vous importe ce que je veux ? Vous faites désormais partie de ma collection.

Une collection ? Athéna bondit sur ses pieds, paniquée.

— Non ! J'ai besoin de votre aide et de ma liberté !

— *Lass*, personne n'est libre en ce monde.

Affolée, elle courut se jeter contre la porte. Celle-ci ne bougea pas.

— Elle ne s'ouvrira pas, annonça la voix. Vous êtes à moi à présent.

— Laissez-moi partir !

— Trop tard. Vous m'avez déjà pris mon feu, ma nourriture. Je veux être payé en retour.

Tout à coup, une silhouette surgit dans la pièce. Enveloppé dans un large manteau, l'homme était immense et imposant. Il s'avança vers elle et la saisit dans ses bras. Il faisait trop sombre pour qu'elle discerne son visage, mais la terreur lui donna la force de se débattre. Hélas, il était trop fort. Il la porta à travers un escalier en colimaçon et ouvrit d'un coup de pied la troisième porte qui se trouvait sur la gauche d'un couloir.

— Vous resterez ici jusqu'à ce que je décide quoi faire de vous.

Si près, sa voix résonnait moins puissamment, mais elle n'était pas moins impressionnante. Il émanait de lui une chaleur incroyable, ainsi qu'une odeur de bois de santal.

Soudain, elle prit conscience qu'elle n'avait jamais été aussi proche d'aucun homme. Il la reposa sur ses pieds et, ainsi privée de sa chaleur, elle eut froid. Athéna sursauta en voyant de quel type de pièce il s'agissait.

— Une... une chambre ?

— Vous préféreriez le donjon ?

— Non.

— Dans ce cas, ne vous plaignez pas, *lass*.

Sur ce, il sortit en refermant la porte sur elle. Athéna n'attendit que quelques secondes avant d'essayer de l'ouvrir. En vain.

Elle resta immobile, stupéfiée par ce qu'elle venait de vivre. Sans comprendre comment, elle avait sauté d'un véhicule en marche pour se retrouver prisonnière d'un château enchanté et de son mystérieux maître.

2

— Il n'y a plus le temps, Cameron. Le lancement du produit aura lieu dans un mois. Si tu n'en fais pas une bonne présentation, nous risquons de perdre tous les investisseurs qui nous ont soutenus jusque-là ! J'ai prévu quelque chose de spectaculaire. Pas l'une de ces soirées ennuyeuses où acheteurs et actionnaires assistent à une conférence technologique barbante sans bouger de leur chaise. Il y aura de quoi manger, boire et danser. En fait, ce sera même le plus grand événement de toute l'histoire de l'entreprise.

Face à l'écran, Cameron émit un grognement agacé.

— Pourquoi tu ne peux pas gérer toi-même cette soirée ?

Son partenaire d'affaires et ami, Apollo Agassi, posa sur lui un regard sombre et soucieux.

— Parce que c'est toi que les gens veulent entendre quand il s'agit de technologie, Cameron.

— Tu viens juste de dire que tu ne voulais pas d'interminables discours barbants.

— J'ai dit que je ne voulais pas *que* ça. Cette soirée doit être le lieu de rencontre de toutes les technologies de pointe en matière de maison connectée, de voitures autonomes... Gunnar et Olive Magnusson seront présents, je veux qu'ils soient là, parce qu'ils donneront du cachet à l'événement. Pour autant, je ne veux pas qu'ils nous éclipsent ! Et il se trouve que je ne suis pas capable d'accomplir ce que *toi*, tu peux faire. Je m'occupe de lever des fonds, tu dois cimenter la bonne volonté des investisseurs en leur prouvant que notre système de maison connectée est aussi simple que tu le dis.

Cameron reçut comme un affront les doutes de son ami. Son visage était peut-être détruit, en revanche, son esprit était aussi aiguisé qu'autrefois.

— C'est aussi simple que je l'ai dit, rétorqua-t-il. J'ai un château médiéval qui répond au doigt et à l'œil à tout ce que je lui demande. Du feu dans la cheminée ? Il le fait. La lessive, le système d'éclairage, l'ouverture des portes, la sécurité... tout fonctionne soit par le son de ma voix – et de ma voix seulement, puisque je suis le propriétaire –, soit par des commandes non verbales exécutées sur une télécommande qui rentre dans la poche.

— Très bon discours commercial, approuva Apollo.

— Mon système n'a pas besoin d'arguments de vente. Il surpasse largement tous les autres systèmes de « smart home » en termes de fluidité et de polyvalence.

— Tu peux l'affirmer, mais la plupart des gens – moi y compris – ne saisissent pas ce que cela signifie concrètement. Considère-nous comme des enfants quand il s'agit d'expliquer ce qui t'apparaît à toi comme une évidence.

— Ce n'est pas par la flatterie que tu me manipuleras.

— Je trouverai autre chose ! Ce sera ton triomphe, Cam. Sors de ta tanière et fais ce dont tu es capable.

— Ce dont je *serais* capable. En puissance, corrigea-t-il.

Apollo parut soudain épuisé.

— Le Cameron que je connaissais ne serait jamais resté enfermé chez lui toutes ces années. L'homme que j'ai connu était un combattant. Il luttait contre les plus mauvais pronostics, les épreuves les plus brutales. Il n'acceptait jamais de s'entendre dire non, et quand il était à genoux, il n'y restait jamais longtemps.

Cameron rit. L'affirmation d'Apollo était tellement simpliste. C'étaient les mots d'un homme qui n'avait aucune notion de ce que l'accident avait provoqué en lui.

— Le Cameron que tu connaissais pouvait éblouir le monde

par son apparence autant que par son esprit. Et cet homme-là est mort. Il ne reste rien de lui.

— Je n'y crois pas. C'est ce que tu aimes te raconter.

— Peu importe que ce soit une histoire qui m'arrange ou la réalité. À moins que tu ne viennes me tirer par la force...

Les traits d'Apollo se durcirent.

— Ne crois pas que je ne le ferai pas, Cam. J'ai investi tellement d'argent dans ce projet...

— Et moi, je n'ai rien d'autre que ce projet, répliqua-t-il. Tu ne crois pas que c'est encore plus important à mes yeux ?

— Tu n'as besoin de rien ! Tu passes ta vie dans cette ruine. Tu n'as pas besoin d'argent. Tu ferais aussi bien de donner toute ta fortune !

— Tu commences à parler comme un extrémiste.

— Autrefois, nous l'étions tous deux, s'amusa-t-il.

— Non, autrefois, nous étions deux égoïstes qui laissaient dans leur sillage une telle destruction qu'il aurait bien fallu tôt ou tard rendre des comptes. Et c'est ce qui est arrivé. Peut-être pas à toi. Ton sourire est aussi éblouissant qu'avant. Raison pour laquelle *tu* devrais gérer le lancement.

— Tu es lugubre, Cameron, je n'ai pas envie de supporter ça maintenant.

— Lassé de voir ma tête ?

— Comment je pourrais le savoir ? Tu ne me laisses jamais vraiment te voir. Tu restes toujours dans l'obscurité.

C'était vrai. Cameron s'était habitué à évoluer dans la pénombre. Il n'y avait pas un seul miroir dans tout le château, inutile de croiser son reflet...

Seulement, maintenant... elle était là. Et elle était belle au point que c'en était presque douloureux de la regarder. *Athéna*. La déesse de la Guerre. Un nom parfaitement porté : il avait senti le feu du combat l'embraser depuis l'instant où il avait posé les yeux sur ses cheveux noirs et brillants, ses grands yeux sombres et ses lèvres pleines.

Il se rappelait ce qu'il aurait fait, avant, devant ses courbes généreuses. Il ne lui aurait pas fallu longtemps pour séduire une femme si clairement faite pour le péché. En quelques jours, il l'aurait fait crier de plaisir dans son lit.

Ce temps-là était révolu. Aujourd'hui, qu'avait-il fait ? Il l'avait enfermée comme une prisonnière, parce que c'était le seul moyen de la protéger de son visage terrifiant.

Elle était venue à lui, elle était belle, alors il la gardait. Depuis qu'il s'était reclus en ces lieux, Cameron avait commencé à collectionner les belles choses. Ce qui venait à lui y restait.

Ainsi, il avait domestiqué un cerf qui lui rendait régulièrement visite dans les jardins et mangeait des pommes à même sa main. Il y avait aussi un cheval émacié et au pelage terne qui s'était un jour égaré sur la propriété. Il l'avait gardé. Les seules fois où il sortait, c'était pour monter Aslan. Après quelques soins, l'étalon noir était redevenu superbe et plein de tempérament. Cameron adorait parcourir la lande avec lui. En fait, Aslan était la seule chose qu'il aimait.

Certes, le peu de conscience qui lui restait ne lui cachait rien de sa folie. Mais quelle raison rationnelle aurait-il eu de combattre son envie ? Même autrefois, il avait toujours considéré que ce qui se présentait sur son chemin était un signe du destin. Or, il n'était jamais sage d'ignorer le destin.

Apollo poursuivit dans un soupir.

— Cameron, autrefois, tu me considérais comme un ami.

— C'est toujours le cas, si tant est que j'aie des amis.

— Je ne t'ai pas vu, vraiment *vu*, depuis presque dix ans.

— Qui a besoin de se voir en face à face aujourd'hui ?

— Moi, par exemple ! Et nos actionnaires.

Un nouveau soupir ponctua cette déclaration. Cette fois, Apollo paraissait résigné, ce qui ne collait décidément pas au caractère d'un homme qui ne suivait que ses propres règles.

— C'est un ultimatum. Soit tu y vas, comme je te le demande, soit je lance une OPA hostile sur l'entreprise.

— Espèce de salopard. Tu viens juste de dire que l'entreprise ne valait rien si je ne participais pas au lancement, alors à quoi bon la garder pour toi ?

— Ça aura peut-être le mérite de te faire sortir, qui sait ?

Et ne va pas croire que je ne le ferai pas. Je suis prêt à me tirer dans le pied pour te forcer la main.

Apollo ne mentait pas, il le savait. Cameron répliqua :

— Je ne me laisserai pas contraindre.

— Tu as largement eu le temps de panser tes plaies. Il te reste des cicatrices et elles ne vont pas disparaître, fais avec.

— Tu risques de regretter ton ultimatum quand je me retrouverai face à une foule d'investisseurs. Lumière !

Aussitôt, l'éclairage s'intensifia en réponse à sa commande vocale. Cameron eut la satisfaction de voir son ami blêmir. En fait, il en fut satisfait au point de sourire, ce qui, il le savait, ne faisait que rendre ses traits plus effrayants.

— Et ne me dis pas que ce n'est pas si terrible que ça. On sait tous les deux que ce serait un mensonge.

L'expression d'Apollo était plus pensive qu'horrifiée.

— Cameron... Montrer ton visage, ce sera efficace.

— Pourquoi ? Ta stratégie est d'éveiller la pitié des actionnaires ? lâcha-t-il dans un ricanement.

Apollo éprouvait-il de la pitié à son égard ? L'idée lui était intolérable.

— Pas du tout. En revanche, ils pourraient apprécier ta force de caractère.

— Ma force de caractère, répéta-t-il avec mépris. Tu penses sérieusement que cela compense ma responsabilité dans un accident qui a coûté la vie à une femme innocente ?

— On ne peut pas changer les faits, mais on peut les tourner à notre avantage. Tu es censé être un génie, non ? En technologie, en affaires, et même en interactions humaines par le passé... Crée-toi une histoire. Sinon, cette entreprise sera à moi.

Sur cette menace, Apollo coupa la connexion.

Cameron baissa aussitôt l'intensité de l'éclairage. Il détestait être en pleine lumière : même seul, il se sentait exposé.

Sa vie était tellement différente de ce qu'elle était dix ans plus tôt. C'était facile pour Apollo de prétendre qu'il n'avait qu'à revenir à sa vie d'avant. Il ne comprenait pas. Autrefois, ils s'étaient adonnés aux mêmes excès et avaient profité du succès et de la richesse, parce qu'ils étaient beaux, séduisants et puissants. Comme Apollo, Cameron avait pris son physique pour acquis. Ils n'étaient ni vains ni superficiels, simplement, ils savaient utiliser leur apparence comme un outil pour accomplir leurs objectifs. Il en avait usé et abusé. Aujourd'hui, il avait honte en comprenant à quel point il avait dépendu de sa belle gueule dans ses succès du passé.

Ces temps-là étaient révolus. Depuis l'accident, il ne supportait plus son apparence : l'apparence d'un homme qui n'aurait pas dû survivre. Surtout, il ne supportait pas la pitié des gens. Même les médecins et les infirmières l'avaient regardé avec effroi. Et pourtant, ils devaient être habitués à voir des corps et des visages ravagés par les accidents.

Par chance, il travaillait dans le domaine du high-tech, ce qui lui avait permis de se forger une aura de mystère, si bien que sa réclusion faisait partie de sa légende.

Pour être honnête, il comprenait pourquoi Apollo estimait qu'il était temps pour lui de reparaître en public. Cette renaissance publique ferait forcément des vagues, et, par extension, tout le monde parlerait de son système de maison connectée novateur.

Assis dans le noir, Cameron réfléchit sérieusement : qu'est-ce que cela lui ferait de se détourner de l'entreprise ? De la laisser sombrer ? Puisqu'il pouvait vivre le restant de ses jours ici, seul dans ce château, reclus, se préoccupait-il que tout le reste s'effondre ?

Il songea à Apollo, le seul qui se souciât vraiment de lui, comme il l'avait toujours fait depuis leur rencontre, à quinze ans, dans les rues de Londres. À l'époque, ils étaient tous deux en décrochage scolaire et ils avaient partagé leurs blessures secrètes et s'étaient donné mutuellement la force de se relever. Ils ne connaissaient l'un et l'autre que la survie.

Autrefois, ils avançaient sur un pied d'égalité. Plus maintenant... Apollo avait toujours son physique pour lui, il était toujours adulé et si Cameron disparaissait, la vie d'Apollo serait toujours pleine et heureuse.

Mais si l'inverse se produisait ? Sans Apollo, son existence ne serait plus qu'un désert de désolation. Son ami était le seul avec qui il communiquait de façon régulière.

Sa maison était entretenue et nettoyée par des gens qu'il ne voyait jamais. Il avait orchestré toute sa vie derrière un voile de fumée opaque. Apollo était son unique lien avec le monde. En vérité, si son ami lui avait seulement laissé un peu de temps pour y réfléchir, il n'aurait même pas eu besoin de recourir au chantage. Cameron ne craignait pas grand-chose, sinon être englouti dans la noirceur de son âme. Alors, il trouverait un moyen d'affronter le monde.

Soudain, ses pensées se figèrent. *Athéna*. C'était elle la clé. Le cerf lui avait appris qu'il ne terrifiait pas tout le monde. Aslan lui avait montré qu'il pouvait encore chérir un être vivant sur cette terre. Comme eux deux, Athéna s'était retrouvée sur sa route pour une bonne raison.

S'il y avait une chose qu'il avait apprise au cours de ses dix ans d'isolement, c'était qu'il existait dans le monde des forces qui vous dépassaient et qu'elles pouvaient vous apporter exactement ce dont vous aviez besoin. À condition de savoir les écouter.

Dans ses années de gloire, il avait été bien trop préoccupé par l'argent et le sexe pour tenir compte de ces connexions qui gouvernaient le monde. En revanche, quand il vivait dans la misère de la rue, il avait eu besoin de ces signes de l'Univers pour survivre. Exactement comme aujourd'hui. Athéna était un signe. Elle lui avait été amenée dans un but précis qu'il devrait découvrir.

Voilà pourquoi il lui paraissait tellement logique de la garder. Maintenant, il n'avait plus qu'à décider ce qu'il allait faire d'elle.

3

Athéna restait étendue sur le magnifique lit, incapable de trouver le sommeil. Une superbe salle de bains jouxtait la chambre et elle admira la façon dont la technologie s'intégrait parfaitement à l'architecture ancienne des lieux.

Elle était habituée au luxe. Cependant, il y avait quelque chose de différent ici. Ses pensées revinrent vers le propriétaire des lieux et elle frissonna.

« Vous faites partie de ma collection. » Comment allait-elle se sortir de cette nouvelle prison ? Elle trouverait le moyen ! Elle n'était ni faible ni idiote, contrairement à ce que tout le monde pensait d'elle. Personne ne l'avait jamais considérée pour ce qu'elle était, *elle*. Les gens voyaient en elle ce qu'ils voulaient voir. Eh bien, elle avait l'intention d'en tirer parti.

— Vous pouvez descendre à la cuisine pour le dîner.

Athéna bondit hors du lit. La voix semblait venir de partout autour d'elle. Pourquoi cette voix lui nouait-elle ainsi l'estomac ? Pourquoi frissonnait-elle en repensant à sa force ? À son odeur de bois de santal ? Sa mère lui avait souvent reproché de ne pas être aussi féminine que Naya. Pourtant, elle s'était sentie incroyablement... délicate dans les bras de cet homme.

— De toute évidence, j'entends des voix, lança-t-elle avec ironie. Est-ce Dieu qui me parle ?

— Plutôt le diable.

— Je n'ai pas peur du diable, ni des démons. J'ai grandi au milieu d'eux, même s'il m'a fallu des années pour m'en rendre compte. J'ai mangé à la table du diable et je lui ai souri. Alors, pourquoi aurais-je peur de vous ?

— Je ne vous demande pas de me craindre. Et vous pouvez prétendre que ce n'est pas le cas, si ça vous chante...

— Est-ce que vous avez des caméras ici ? le coupa-t-elle.

— Non, les parties communes ont des caméras, pas les espaces privés. J'utilise un système vocal pour vous parler.

— Si je comprends bien, vous pouvez constamment m'entendre ?

— Seulement quand je démarre la conversation. Je n'ai aucune envie de vous espionner, Athéna. Si j'appréciais ce genre de... distractions, je ne vivrais pas ici.

— Eh bien, puisque vous semblez tellement attaché à votre solitude, vous devriez me libérer, non ?

— Vous relâcher dans les bois ? lança-t-il, ironique. Vous deviez vous cacher de quelqu'un qui vous terrifie pour vous être réfugiée dans ce taudis, ma déesse de la Guerre.

Sa perspicacité avait quelque chose d'inquiétant et de troublant à la fois, presque comme s'il se souciait d'elle.

— Vous avez demandé ma protection. Je vous l'offre.

— Comment ça ?

— Allez d'abord dîner. Je vous expliquerai ensuite.

— Dînerez-vous avec moi ?

Il eut un rire dénué d'humour qui roula dans la pièce et la coupa comme une lame tranchante. Sa voix, si chaude et sensuelle un instant plus tôt, était à présent glaçante.

— Vous ne me remercieriez pas si je le faisais.

— Co... comment pouvez-vous le savoir ? Cessez de faire des suppositions à mon propos. Vous ne me connaissez pas.

Elle en avait plus qu'assez de tous ces gens qui prétendaient penser et parler à sa place.

— Vous prétendez ne pas vouloir m'effrayer, pourtant, vous n'arrêtez pas d'user de tactiques d'intimidation. Vous vous entourez de mystère, vous vous prétendez le diable, toutefois, vous ne m'avez fait aucun mal. J'en sais plus sur vous que vous ne le croyez.

— Vous pouvez toujours le penser. Allez dîner.

Elle mourait d'envie de répliquer, au lieu de quoi elle marcha jusqu'à la porte qu'elle trouva ouverte.

— Le château reste verrouillé, dit-il comme sa voix la suivait dans le couloir.

Lisait-il dans ses pensées ? Non, c'était une supposition logique, puisqu'il l'avait enfermée dans la chambre.

— Vous allez dans la bonne direction, indiqua-t-il.

— Cette habitude de me suivre partout de la voix est vraiment agaçante.

— Oh ! navré que votre prison ne soit pas à votre goût.

— Ça me semble cher payé pour une tasse de thé.

— C'est vous qui le dites.

— C'est ce que diraient la plupart des gens.

— Que savez-vous des gens, exactement ?

Sur ce point, force était de reconnaître que son expérience était plus que limitée.

— Pas grand-chose, admit-elle. Je suis restée entre les murs de la forteresse de mon père depuis l'enfance. Néanmoins, j'ai eu de multiples occasions d'observer comment les gens qui convoitent le pouvoir se comportent.

— Que savez-vous d'autre ?

La question fit battre son cœur plus vite. Sans doute parce que personne n'était jamais curieux de son opinion. Ou bien c'était lui en particulier... Quoi qu'il en soit, parler ainsi avec cet inconnu sans le voir ne lui paraissait pas aussi étrange que cela aurait dû. En fait, c'était même agréable.

— Eh bien, je sais ne pas me départir de mon sourire, même face aux pires injustices.

Pour illustrer son propos, elle afficha un large sourire en levant le visage.

— Un talent intéressant, commenta-t-il.

— Personne ne l'a jamais trouvé particulièrement intéressant jusque-là.

— Ah bon ?

— Il aurait fallu considérer que je pouvais avoir un talent, pour commencer. Ma mère n'a jamais eu de considération pour ma personnalité, quant à mon père, il me voyait à peine.

— Beaucoup de gens grandissent dans l'isolement et la solitude.

— Je suppose que oui.

— Votre père veut vous marier à l'un de ses associés ?

— Plutôt un créancier. Il me vend pour éponger ses dettes.

— Ce n'est pas la meilleure situation pour se marier.

— Pas vraiment, non.

Elle trouva enfin la salle à manger et vit qu'un plateau avait été déposé sur la table.

— Est-ce vous qui avez préparé ce repas ?

— Bonne dégustation, dit-il sans vraiment répondre.

Elle observa la salle aux murs en pierre brute, éclairée de nombreux candélabres. Le lustre au-dessus de la table de bois massif brillait de mille feux, l'unique fauteuil était un modèle d'élégance. Tout ce décor semblait masquer le fait qu'elle était en réalité dans une prison. Néanmoins, Athéna était familière des cages dorées.

— Tout cela est très étrange, commenta-t-elle, presque... magique. De toute façon, je ne suis pas sûre qu'étrange signifie quoi que ce soit dans le monde d'où je viens. Pourquoi ne vous joignez-vous pas à moi ?

— Je ne me joins pas aux gens. Jamais.

Il se cachait du monde. Pourquoi un homme qui semblait si assuré tenait-il à rester dans l'ombre ?

— Pourquoi ?

— Vous n'êtes pas en position de poser des questions.

— Je ne le suis jamais, soupira-t-elle. Est-ce parce que, si je voyais votre visage, vous devriez me tuer ?

Cette fois, son rire sonna vrai. Un rire chaud, électrisant.

— Non, petite déesse, ce n'est pas ça. Il vous faut juste accepter que j'aie mes propres façons de faire, aussi bizarres soient-elles. À présent, cette conversation est terminée.

Le dîner se révéla savoureux. Il y avait du homard, de la purée de pommes de terre ainsi que des légumes vapeur parfaitement assaisonnés. Le tout était accompagné d'un verre de vin qu'elle n'osa pas toucher.

— Vous n'aimez pas le vin ? demanda-t-il après un long moment de silence.

— Je... je ne suis pas autorisée à boire de l'alcool, avoua-t-elle, troublée de constater à quel point il lui était naturel de reprendre le cours de leur conversation.

— Cela ne fait pas partie des conditions de votre captivité. Je vous offre du vin, vous pouvez le boire. Allez-y, insista-t-il d'une voix douce qu'elle ne lui avait jamais entendue.

— Très bien. Mais seulement parce que j'en ai envie.

Puisqu'elle avait l'opportunité d'essayer quelque chose de nouveau, elle comptait bien en profiter, mais elle refusait qu'il s'imagine qu'elle avait attendu sa permission.

— Je ne voudrais pas vous voir goûter ce vin pour une autre raison.

Elle prit une gorgée.

— Alors ? Qu'en pensez-vous ?

— Je ne sais pas trop, admit-elle en plissant le nez.

— Dites-moi, la pressa-t-il. Quel goût cela a-t-il ?

Il y avait une impatience dans sa voix, une curiosité qui la rendit enthousiaste.

— Un goût de raisin, je dirai. Mais il y a autre chose, une acidité, un peu comme du citron. Et quelque chose de plus doux, presque comme du beurre. Oui, c'est ça, c'est à la fois tranchant et moelleux sur la fin.

— Vous êtes très attentive aux détails.

— Ma vie a eu une envergure très limitée. Prendre garde aux détails est ce qui la rendait intéressante. Le goût de la nourriture, la texture des tissus, la caresse du soleil sur ma peau, l'odeur de la mer...

— Je n'ai pas vu la mer depuis des années, murmura-t-il.

— Vraiment ? Elle n'est pourtant pas très loin d'ici. Vous pourriez y aller. Vous êtes libre, vous.

— Je m'impose cet exil, cela ne le rend pas moins réel, lâcha-t-il d'un ton dur. Il y a une tarte dans la cuisine.

Elle se leva et se dirigea vers la porte du fond qui donnait sur une immense cuisine, dotée de tout l'équipement le plus moderne. Sur le vaste îlot central trônait une magnifique tarte aux fruits. Le gâteau avait déjà été coupé et elle se servit une part sur l'assiette de cristal posée à côté.

— Elle a l'air délicieuse. Est-ce vous qui cuisinez ?

— Oui. J'ai aussi un jardin dont je m'occupe. Ce que je ne peux pas faire pousser m'est apporté par hélicoptère chaque trimestre. Il y a une certaine joie à subvenir de façon autonome à ses propres besoins.

— Oh ! je vois, dit-elle, surprise par sa réponse.

— Le château est entièrement alimenté en énergie par une combinaison de panneaux solaires et d'éoliennes. J'essaie de tendre vers l'autosuffisance. J'y parviens presque, parce que j'ai assez d'argent pour cela. Mais j'envisage un futur où il ne faudra pas avoir mes ressources pour pouvoir mener ce genre de vie simple.

— Vous considérez que c'est une vie simple ? s'amusa-t-elle en prenant une bouchée de tarte. Mmh... c'est succulent.

— Merci.

Malgré elle, Athéna sourit. Il l'avait remerciée. Il y avait une note plus rude dans sa voix, comme s'il était moins dans le contrôle, plus dans l'émotion.

— Vous n'avez jamais cuisiné pour personne avant moi ?

Le silence s'étira.

— Non. Jamais.

Quel homme étrange. Cela dit, il ne fallait pas s'attendre à autre chose de la part d'un homme qui vivait au fond des bois, seul dans un château, et refusait de communiquer autrement que par haut-parleurs.

Tout en mangeant, elle se déplaça à travers la cuisine, ouvrit le frigo, puis le cellier. Il y avait beaucoup de provisions de tous types : différents pains aux graines, des fromages affinés et une abondance de fruits et légumes. Les plaisirs de la table étaient importants pour lui. Ils avaient cela en commun. Elle était bien placée pour savoir que la qualité des mets donnait toute sa saveur à l'existence.

— Quels sont vos autres passe-temps, hormis la cuisine ?

— Eh bien, tout, dans cette maison, est mon invention. Le système de communication que nous utilisons en ce moment, ainsi que tout ce qui a été automatisé.

— Oh. C'est votre métier, donc.

— Vous n'avez pas la moindre idée de qui je suis, n'est-ce pas ?

— Non, répondit-elle, étonnée. Comment le saurais-je ?

— J'aurais pensé que vous auriez deviné, à présent. Je suis Cameron McKenzie.

Il marqua une pause, de toute évidence dans l'attente d'une réaction… qui ne vint pas. Athéna avala pensivement une nouvelle bouchée de tarte.

— Je suis désolée si ce nom est censé me dire quelque chose. Je crains d'être désespérément ignorante. Je n'ai eu accès qu'aux informations que mon père m'autorisait. Il n'approuvait pas la pop culture, ni ce qui a trait à la technologie.

— Alors, vous ne savez vraiment rien de moi ?

— Rien du tout.

Cameron sentit son sang courir plus vite dans ses veines. Sa déesse était une rareté ! Puisqu'elle ignorait tout de lui, elle ne pouvait savoir à quoi il ressemblait… avant.

Plus il y réfléchissait, plus le plan qui s'élaborait dans son esprit lui paraissait rationnel. Bien sûr, il ne poserait jamais la main sur elle. Elle était bien trop spectaculaire, comme un joyau précieux. Plus il la regardait, plus il était fasciné par sa beauté sensuelle. Pourtant, son innocence sautait aux yeux.

La voir goûter le vin et détailler la complexité de ses saveurs avait été un spectacle troublant. Cette fascination pour un autre être humain était une nouveauté. Mais après tout, il avait passé près d'une décennie loin de tout contact avec le monde extérieur.

Sans compter qu'avec elle tout était différent : elle ne le connaissait pas. Elle était une véritable inconnue. Unique.

— Dites-moi, Athéna, que voulez-vous faire de votre vie ?

Elle pencha légèrement la tête de côté.

— Vous voulez dire, si j'étais libre ?

Il préféra ignorer sa remarque ironique.

— Vous fuyez votre père et un mariage arrangé. Est-ce vraiment tout ? Vous ne couriez pas *vers* quelque chose ?

— Je courais vers n'importe quelle nouvelle vie, j'imagine. Une vie dans laquelle j'aurais eu un libre arbitre. Je n'ai jamais eu le luxe de pouvoir faire le moindre choix pour moi-même. Certes, je pouvais décider de porter telle ou telle tenue, mais, finalement, ce choix n'était qu'une illusion.

— Certains pourraient argumenter que ce que nous croyons être nos choix est toujours une illusion…

— Peut-être, mais l'illusion était plus grande encore pour moi. Je n'ai jamais pu décider *qui* j'étais. Voilà pourquoi j'étais prête à courir vers l'inconnu. Peut-être que j'aurais été dans la misère, mais au moins, j'aurais été libre.

— Vous parlez comme quelqu'un qui n'a jamais connu la pauvreté, commenta-t-il dans un rire amer.

— C'est vrai, je n'ai jamais subi la misère, dit-elle avec un sourire triste. Mais faire ses propres choix, en dépit des circonstances, n'offre-t-il pas une existence meilleure ?

— Quand chaque repas est une lutte harassante, vous n'avez pas l'impression de vivre une existence supportable. Vous n'avez aucune idée des sacrifices qu'il faut faire pour survivre. On y perd une partie de son âme. Il n'y a ni liberté ni dignité dans cette sorte de pauvreté.

— Je comprends. Cependant… même en sachant cela, j'ai le sentiment qu'au moins je me serais dirigée vers ce danger sur mes deux pieds. J'imagine que vous devez trouver ça dur à entendre, mais je préférerais cette prison-là à celle à laquelle me condamnait mon père.

— Pourquoi cela ?

— Parce que Mattias Hamilton est un homme cruel. Quand il a posé les yeux sur moi, j'ai tout de suite senti qu'il était impatient de… de me briser. J'ai été tellement protégée toute ma vie que tout le monde ne voit que ma fragilité.

Ils avaient tort. Certes, il y avait de la délicatesse en elle, mais aussi une force peu commune, un feu qui surprenait. Ceux qui la sous-estimaient le faisaient à leur péril.

Elle était également intelligente… et éblouissante. En un mot, elle serait le glorieux accessoire de son retour triomphant. Plus il y pensait, plus l'évidence s'imposait à lui : le seul moyen de revenir dans le monde sans provoquer la pitié, c'était qu'une nouvelle histoire prenne le devant de la scène. Une histoire tellement émouvante que personne ne songerait à le plaindre. Athéna était l'histoire parfaite.

— Dites-m'en plus sur votre passé.

— Je vous ai dit tout ce que je savais. Je ne sais pas quelle était ma vie avant mes huit ans, lorsque j'ai rejoint la forteresse de mon père. Je n'ai aucun souvenir, seulement une vague sensation de peur, de tristesse, de perte… Je suppose que j'étais orpheline. J'ai lu quelques livres de psychologie et je crois que le traumatisme de ce qui m'est arrivé a effacé ma mémoire.

— Vous pensez que cette amnésie a permis d'effacer le traumatisme d'un deuil ?

Elle hocha gravement la tête.

— C'est la théorie qui me semble la plus pertinente.

— Cet homme, votre… père, est prêt à vous marier à un homme que vous pensez cruel. Est-ce que lui aussi le pense ?

Elle pencha la tête de côté et ses cheveux noir de jais coulèrent sur son épaule en une cascade brillante.

— Je ne suis pas sûre qu'il y ait seulement réfléchi. Il a vu ce mariage comme un moyen d'obtenir ce qu'il voulait et n'a pas un instant considéré ce qui pourrait m'arriver une fois qu'il m'aurait envoyée chez Mattias. Je ne crois pas qu'il ait la capacité de se soucier des autres. Moi-même, je n'ai été…

Sa voix sembla se briser et il lui fallut une seconde pour reprendre :

— Ma mère avait une fille qui est morte à l'âge adulte, dans un incendie. Tout le monde a été dévasté, mais ma mère plus que les autres, de même que son mari, Arès. Pour la consoler, mon père m'a offerte à ma mère. Et tout récemment, il a donné Rose à Arès.

— Qui est Rose ?

— Une autre fille qui est arrivée à la forteresse à peu près en même temps que moi. Quand elle est partie, il y a quelques mois, j'ai commencé à comprendre... Mon père avait l'intention de vendre Rose pour recouvrer ses dettes et Arès l'a demandée. Rose lui a été vendue, comme... comme un meuble. Et puis, mon tour est arrivé et j'ai compris que, même si j'avais été traitée comme la fille de la maison, plutôt que comme une servante, nous étions exactement pareilles : une marchandise à utiliser à sa convenance.

— Est-ce que vous existez dans le monde extérieur ? Vous avez une identité ?

Elle secoua la tête.

— Non, je n'ai aucun papier. Si on me marie à un homme cruel, s'il me maltraite, s'il fait de moi ce que bon lui semble et finit par me faire disparaître, personne n'en saura jamais rien. Personne ne cherchera à me rendre justice. Comprenez-vous, maintenant, pourquoi je dois m'échapper, quels que soient les sacrifices ?

Si Cameron avait été un homme différent, il aurait sans doute ressenti une certaine culpabilité pour l'avoir traitée comme il l'avait fait après ce qu'elle avait subi. Mais il ne ressentait rien de tel. Il était simplement fasciné par l'évidence de sa force intérieure.

— Maintenant, je sais d'où vous venez et je sais que vous n'avez pas de plan pour l'avenir. Qu'en est-il de vos rêves ?

Son expression s'adoucit.

— J'aimerais découvrir le monde, tout ce qui m'a été interdit pendant toutes ces années. Je voudrais regarder ce qui me plaît à la télé, lire les livres que je veux, naviguer sur Internet comme je l'entends... sans personne pour me surveiller. Et je... je voudrais trouver l'amour, aussi. Et Rose. C'est ma seule véritable amie. J'essaierai sans doute d'autres vins et peut-être que je boirai dans un verre avec un petit parasol.

Cameron ne put s'empêcher de trouver cette liste, pleine de plaisirs innocents, charmante. La plupart de ces choses étaient à sa portée. Quant à ce qu'il ne pouvait lui offrir dans l'immédiat, il pouvait l'aider à organiser sa vie, afin qu'elle l'obtienne par la suite.

Il n'agirait pas ainsi par bonté d'âme, mais par simple sentiment de justice. Il refusait que d'autres femmes soient victimes de lui. Certes, il avait décidé de la garder et elle n'aurait pas d'autre choix que d'accepter son plan. Néanmoins, elle serait moins sa prisonnière que son employée, parce qu'il la rétribuerait pour ses services.

— Et si je vous disais que je peux vous donner la vie que vous voulez ?

— Eh bien, je serais très sceptique. Parce que je n'ai jamais vu de geste de charité véritablement désintéressé.

— Je vous ai déjà dit que je ne faisais pas dans la charité.

— En effet. Pourtant, je viens de manger un délicieux repas couronné d'un dessert à tomber et tout ce que j'ai fait en échange, c'est rester enfermée dans ma chambre. Raison pour laquelle je me questionne sur le coût qu'il me faudra payer si j'accepte votre offre. J'ai déjà dû payer fort cher une tasse de thé hier, j'imagine que ce repas me coûtera bien davantage.

— En effet… Athéna, vous allez m'épouser.

4

Stupéfiée par ce qu'elle venait d'entendre, Athéna laissa sa fourchette tomber bruyamment sur le comptoir.

— Pardon ?

— J'ai besoin que vous soyez ma femme. Dès que notre mariage sera devenu inutile, je vous donnerai suffisamment d'argent pour que vous puissiez mener votre vie. Je vous offre la liberté que vous désirez, Athéna. La vraie, celle qui vous ouvrira tous les choix sans être étranglée par les questions financières.

— Me marier...

— ... est probablement le meilleur moyen de vous protéger de ce Hamilton, compléta-t-il. Si vous êtes mariée à un autre, particulièrement quelqu'un de mon envergure, alors vous existerez publiquement. Et vous serez hors d'atteinte.

— Vous êtes un homme d'envergure ?

— Oui. Du moins, je l'étais... autrefois. Avec vous à mon bras, je reprendrai cette place.

— Et vous avez besoin de mon aide pour cela.

Un homme qui la considérait comme un objet de sa collection n'agissait certainement pas par altruisme.

— Certes. Mais moins que vous de la mienne. Devenue ma femme, vous pourrez voir le monde et manger ce qui vous plaît. Bien entendu, vous serez libre de regarder ou de lire tout ce que vous voudrez. Je ne pourrai pas vous offrir la romance que vous désirez, *lass*, en revanche, je peux vous donner la plupart des choses que vous avez énoncées. Et dès que je n'aurai plus besoin de vos services, vous pourrez vous mettre en quête du reste.

— Ça paraît... Il faut que je vous voie.

— Vous me verrez... en temps et en heure.

Il y avait forcément une raison pour qu'il refuse ainsi de se montrer et c'était pour le moins préoccupant.

— Mais, avant que j'accepte, il faut...

— Vous m'avez mal compris, petite déesse. La question n'est pas que vous acceptiez ou refusiez, mais est-ce que vous le ferez de bonne grâce ou à contrecœur.

— Mmh... Je pourrais fort bien créer un scandale et déclarer publiquement que vous m'avez forcée au mariage.

— Vous pourriez, convint-il. Ce qui donnerait à votre actuel fiancé l'opportunité parfaite pour jouer les sauveurs. Au lieu de quoi, si vous prétendez être follement amoureuse de moi, cela nous servira l'un et l'autre. Les médias adoreront cette histoire et votre fiancé n'aura plus la moindre possibilité de prétendre que vous lui étiez promise.

— À vous entendre, cela semble si facile.

— Je sais comment fonctionnent les médias et l'opinion publique. Il y a eu une époque où je les retournais à mon avantage. Je ne suis peut-être pas sorti hors de ces murs depuis dix ans, toutefois, je sais comment marche le monde. J'ai continué à l'observer d'ici. Croyez-moi, ce que je vous propose est le meilleur moyen d'assurer votre sécurité. Et de vous octroyer la liberté que vous désirez.

— Et vous ? Qu'obtenez-vous de ce marché ?

— J'ai besoin de vous pour faire mon retour dans le monde, à l'occasion du lancement du système de maison connectée que j'ai mis en place ici même. Il sera bientôt disponible dans le monde entier. Seulement, mon partenaire a décidé de faire de ce lancement un véritable show : gala, dîner, discours et tout le toutim. Et comme je sais comment fonctionne tout ça, je sais qu'il vaut mieux que je revienne sur le devant de la scène avec quelqu'un à mon bras.

— Parce que, toutes ces années, vous êtes resté seul ici.

— Oui.

— Pourquoi ?

Un bref silence s'ensuivit.

— Quelque chose est arrivé. J'ai dû m'éloigner pour un temps. Vous comprendrez bientôt.

— Je préférerais comprendre maintenant.

— Heureusement que les pierres précieuses et les vieux écus ne répondent pas quand on leur parle, marmonna-t-il.

— Pardon ? répondit-elle, effarée.

— Le reste de ma collection ne me cause pas tant de soucis.

— Vous n'avez pas demandé en mariage le reste de votre collection, si ?

— Pas que je sache.

Il était tellement... arrogant. Comment un homme cloîtré depuis si longtemps pouvait-il être aussi condescendant ?

— Combien de temps devrons-nous... ?

— Tout dépend, à la fois du temps pendant lequel j'aurai besoin de vous, et du temps qu'il vous faudra pour vous sentir protégée face à votre père.

— Et nous... ?

Il sembla deviner la question qu'elle n'osait formuler :

— Pas de romance, Athéna. Vous trouverez l'amour avec un autre. Notre mariage n'existera que sur le papier.

— Oh ! je vois, balbutia-t-elle.

Évidemment. Un autre arrangement aurait été absurde. Elle n'avait jamais posé les yeux sur cet homme. Seulement, elle n'avait pas imaginé qu'il lui offrirait une telle union sans vouloir posséder son corps. Ce Cameron McKenzie était décidément un mystère, et pas seulement parce qu'il demeurait invisible.

Elle savait certaines choses, néanmoins : il était puissamment bâti, il sentait le bois de santal, sa voix pouvait être un instant de glace et, l'instant suivant, aussi brûlante qu'un brasier ; dure puis infiniment sensuelle. Il n'avait pas quitté son château depuis dix ans. Malheureusement, plus elle en apprenait sur lui, plus sa confusion grandissait.

Cela dit, ce qu'il lui « proposait » avec autorité était lié aux choix qu'elle avait faits : elle avait choisi de sauter hors de cette voiture en marche. Ce faisant, elle avait cessé d'être une simple poupée de chiffon, elle avait enfin été Athéna. Alors, elle verrait bien jusqu'où ce choix la conduirait.

— Très bien, j'accepte. Je vous épouserai.

Le lendemain, un petit déjeuner l'attendait dans la cuisine lorsqu'elle se leva. Aucun signe de Cameron, cependant. Ce n'est que lorsqu'elle se servit une seconde tasse de café que les haut-parleurs résonnèrent :

— Dans un mois, nous ferons nos débuts comme mari et femme.

Comme elle sursautait, un peu de café déborda de la tasse et, après une pause, il reprit :

— Pardon. J'ai... oublié comment communiquer.

— Je vois ça... Comment se fait-il que vous n'interagissiez avec personne ?

— Nous garderons cette histoire pour un autre jour. Je voulais vous indiquer les règles de la maison. Vous avez le droit d'aller où bon vous semble : la bibliothèque, le jardin, l'écurie... Vous pouvez manger ce que vous voulez. Et si vous avez besoin de quelque chose en particulier, il suffit de me le demander par l'Interphone, je vous le ferai apporter. En revanche, vous ne devez sous aucun prétexte vous rendre dans la tour Nord. C'est mon domaine et il vous est interdit.

De nouveau ce ton glacé. Sa dureté aurait dû la rebuter, au lieu de quoi, elle ne la rendait que plus curieuse. Pourquoi se cachait-il ? Pourquoi collectionnait-il des objets... et des êtres vivants ? Et pourquoi s'en souciait-elle ? Était-ce uniquement parce qu'il était la première personne avec laquelle elle se liait depuis des années ?

— Je... c'est très clair.

— Je n'ai aucun désir de me montrer cruel envers vous, *lass*. Je n'établis pas ces règles pour m'amuser. Néanmoins, n'oubliez pas qui commande ici.

— Je ne risque pas de l'oublier. J'aimerais que vous...

— Ce n'est pas à vous de décider comment notre arrangement fonctionne, la coupa-t-il. Maintenant, dites-moi. De quoi avez-vous besoin ?

Elle se sentait incroyablement frustrée par la distance qu'il lui imposait, alors qu'elle n'aurait pas dû s'en soucier. Grâce à son offre, elle pourrait enfin découvrir qui elle était, si elle avait une famille… Voilà tout ce qui aurait dû lui importer. Pourtant, elle ne pouvait contrôler le sentiment de solitude qu'elle ressentait à l'idée de ne plus avoir été en sa présence depuis le jour où il l'avait saisie dans ses bras… Assez !

— Pour me préparer, je vais avoir besoin d'un écran pour me familiariser avec la culture et le monde qui nous entoure.

Elle se mordilla la lèvre, puis se lança, décidée à le tester :

— Je voudrais également un assortiment de chocolats. Et un cheval. Je suis excellente cavalière, ma mère y tenait.

— Vous les aurez. Vous me testez, ajouta-t-il après un bref silence. Vous pensez que je ne tiendrai pas parole. Dans tous les cas, ce n'est pas vous qui décidez, c'est moi.

— Vous êtes un insupportable tyran.

Pourtant, elle lui en voulait moins de se comporter comme un goujat qu'elle ne s'en voulait à elle-même de ressentir des émotions aussi contradictoires. En colère un instant, elle était de nouveau troublée ou intriguée la minute d'après. Sa présence lui manquait et, la seconde d'après, elle lui aurait sauté à la gorge si elle l'avait eu en face d'elle.

— On m'a traité de bien pire, répliqua-t-il sans s'émouvoir.

— Et vous n'avez pas songé à vous amender ?

Son rire chaud résonna jusque dans son ventre.

— Oh ! croyez-moi, la vie s'est chargée de me remettre à ma place, petite déesse.

Quand Apollo décrocha, Cameron annonça :

— J'ai un plan.

— Pourquoi cela ne me dit rien qui vaille ?

— Parce qu'en ce moment tu n'aimes rien de ce que je dis

ou fais. C'est même étrange que tu me considères toujours comme un ami.

— Ne prends pas ma méfiance personnellement, Cam. Ou plutôt, si. Je m'en fous, en fait.

— Dans un mois, je serai à Londres pour le lancement. Je m'y engage. Et je ne viendrai pas seul.

— Ah non ?

— Non, j'amènerai ma femme.

5

Un après-midi, il annonça à Athéna qu'un cheval l'attendait à l'extérieur. Depuis l'ombre des arbres, il vit son beau visage s'éclairer de plaisir en découvrant la magnifique créature. Puis il disparut de nouveau dans les passages secrets. En temps normal, il ne les utilisait que lorsque le personnel venait faire le ménage ou apporter des provisions. Désormais, il les empruntait pour naviguer autour d'elle.

Un jour ou l'autre, il se montrerait à elle. Quand il serait prêt. Ou plutôt, quand il la sentirait prête. Que penserait-elle de son visage ravagé ? Elle avait vécu une existence choyée, elle n'avait jamais vu personne d'aussi abîmé.

Cameron se répéta que ses inquiétudes n'avaient rien à voir avec sa vanité, ni avec la crainte de voir s'éloigner la seule personne avec laquelle il avait tissé un semblant de lien. Il n'y avait plus de place pour la moindre affection dans son cœur, si tant est qu'il y en ait jamais eu.

Il avait parfois l'impression qu'il était né blasé. Si on barricadait ses émotions à l'intérieur, plus grand-chose ne pouvait vous toucher. Alors, cela devenait facile de se vendre, le corps n'était plus qu'un bien à marchander.

Heureusement, il y avait plus d'argent à se faire quand on utilisait son cerveau, or, Apollo et lui étaient tous deux intelligents. Quand ils avaient trouvé un vieil ordinateur, leurs vies avaient changé. Cameron avait découvert une aptitude quasi innée à la programmation informatique, et ce don avait éveillé une étincelle nouvelle chez Apollo.

— Tu sais, avait dit Apollo, nous utilisons ce que la nature nous a donné pour nous faire de l'argent. Nous devrions aussi utiliser tes talents. Tu es un génie, Cam. Tu peux changer le monde avec ça, avait-il poursuivi en désignant l'ordinateur. La plupart des gens auraient besoin d'une technologie de pointe et de plusieurs années à l'université pour faire ce que tu fais avec cet appareil.

— Ce n'est pas du génie, juste... de l'instinct. Comme pour le sexe, je suppose.

— Quoi qu'il en soit, c'est notre chance de changer de vie. Tu n'as pas l'intention de gagner de l'argent en te prostituant toute ta vie, Cam.

Apollo avait pris en charge la partie commerciale de leur affaire. Il avait ça dans le sang : organiser des rencontres décisives, trouver les locaux et les tenues adéquates. Cameron était l'inventeur, Apollo le commercial. Depuis toujours.

Si Cameron n'avait pas été beau, on aurait eu vite fait de le considérer comme un geek. Mais avec son mètre quatre-vingt-dix et son visage d'ange déchu, son génie informatique passait au second plan. Jusqu'à ce que sa belle gueule subisse les conséquences de ses excès et révèle au monde qu'il n'avait jamais rien été d'autre qu'une brute.

Désormais, il ne pouvait plus se prévaloir d'une quelconque beauté, mais il chérissait son endurance, son adresse et son agilité, parce que c'étaient des capacités qu'il pouvait contrôler. Quant à son esprit, il le faisait fonctionner avec plus d'acuité qu'autrefois. Le contrôle était la clé.

C'était bien le souci avec ce qu'il vivait actuellement... Il ne contrôlerait pas la façon dont Athéna réagirait en le voyant. Il y avait de fortes chances que sa vue la terrifie. Non que cela l'ennuie d'effrayer les gens, mais il préférait que ce ne soit pas simplement parce qu'il entrait dans la pièce...

Une des caméras de sécurité lui indiqua qu'Athéna était de retour à l'intérieur du château. Ses joues étaient rosies par le grand air. Ses traits exprimaient le même contentement qu'il ressentait après avoir galopé.

— Vous avez passé un bon après-midi ? demanda-t-il dans le haut-parleur.

Elle n'eut aucune réaction de surprise à sa voix : elle s'était habituée à l'entendre lui parler sans annonce.

— Très bon, merci.

— Il y a des scones dans la cuisine.

— Quand est-ce que vous trouvez le temps de préparer tout ça ? Vous cuisinez la nuit ?

— Peut-être.

— En tout cas, merci. Votre hobby me profite !

— Vous avez dû y être habituée chez votre père, non ?

— Cela me semble toujours étrange de l'entendre appeler « père », même si je ne sais pas quel autre nom lui donner.

— Je vous présente mes excuses.

— Non, non, c'est juste que... il ne s'est jamais soucié de moi et je doute qu'il m'ait jamais considérée comme sa fille. Ma mère, oui. Je crois qu'elle m'aime sincèrement, à sa façon. Elle est sous l'emprise de mon père. Si elle le quittait, elle n'aurait aucun moyen de prendre soin d'elle-même.

— Est-ce que vous êtes arrivée à toutes ces conclusions en vous baladant dans mon château ?

— J'ai eu le temps de réfléchir, c'est vrai. Si l'existence que je mène ici a certaines similitudes avec celle que j'avais avant, elle s'en écarte aussi par bien des aspects. Je n'ai pas l'impression d'être aussi... décorative, ici. Les environs sont sauvages. Je me sens plus en accord avec cette nature.

Elle le fascinait. Cameron aimait la voir évoluer dans son antre, sans que son visage détruit n'impacte leur interaction.

— Tant mieux, dit-il d'un ton légèrement voilé.

— Ces scones ont l'air parfaits, s'exclama-t-elle en ajoutant sur l'un d'eux une généreuse dose de crème.

Il aimait la voir savourer les plats qu'il préparait. Avant son arrivée, Cameron n'avait pas eu conscience que cuisiner pour quelqu'un lui plairait. Or, il aimait partager des sensations et des émotions avec elle.

Il mesurait d'autant mieux à quel point son amitié avec Apollo était essentielle à son équilibre. Sans lui, il aurait été réellement, profondément seul tout ce temps. C'était Athéna qui lui faisait pleinement réaliser ce qu'il avait, et ce qu'il n'avait pas, dans cette existence de reclus.

Le désir qu'il ressentait... Non, il n'irait pas dans cette direction. Il s'était fort bien passé de sexe. Ce n'était rien de plus qu'un type d'appétit, ni plus ni moins. Contrairement au sommeil, à l'eau ou à la nourriture, le sexe n'était pas essentiel pour survivre. Et puis, il avait eu assez de relations sexuelles jusqu'à ses vingt-huit ans pour toute une vie ! Très jeune, il avait vendu du sexe pour survivre, puis, une fois au sommet de la gloire, il ne s'était pas privé de le consommer gratuitement, avec qui et quand il le voulait. Depuis l'accident, il s'en passait très bien, satisfaisant seul ses besoins physiques quand ils devenaient trop pressants.

Seulement, Athéna était une merveille de sensualité, et la regarder à travers les caméras le mettait à la torture.

— Vous savez, reprit-elle soudain. Je trouve injuste que vous puissiez me voir et moi non.

Avait-elle senti son regard sur elle ? Devinait-elle qu'il la désirait ? Soudain, il se demanda ce qu'il craignait réellement en se dévoilant ? Sa réaction à elle, ou plutôt la sienne ?

Cameron n'avait jamais expérimenté le désir à sens unique. Les femmes qu'il avait désirées lui avaient toujours rendu son intérêt. Il connaissait le plaisir d'être désiré. Quand il vendait son corps, il ressentait une certaine satisfaction à l'idée que des gens soient prêts à payer pour l'avoir. Aussi, quand il peinait à éprouver du désir pour ses clients, il pouvait toujours tirer une certaine excitation du pouvoir qu'il détenait sur eux.

Non, il ne serait jamais comme eux, il ne supplierait pas pour avoir le droit de poser les mains sur ce qu'il convoitait. Il ne serait jamais assez désespéré pour laisser paraître son désir pour quelqu'un qui ne pouvait le considérer qu'avec horreur.

Jamais. Plutôt passer sa vie entière seul, que de tomber si bas. Peut-être que sa retraite n'était rien d'autre que cela : un moyen de lutter contre un tel avilissement.

— Il y a plus intéressant chez moi que mon apparence.

Elle sembla réfléchir à ces paroles, puis elle leva les yeux et son regard se posa sur une caméra. À travers l'écran, elle le regardait, comme si elle pouvait le voir. Cameron se perdit dans la contemplation de ses immenses yeux sombres.

— Vraiment ? murmura-t-elle. Dites-moi ce qui vous rend intéressant, d'après vous. Une chose, au moins.

L'onde de choc se répandit dans tout son corps mais il réprima l'étrange sensation qui s'était emparée de lui.

— Votre père a voulu vous vendre pour éponger ses dettes, le mien ne m'a jamais connu.

Cameron peinait à comprendre ce qui le poussait à répondre à sa question pleine de défi. Il ne lui devait rien. Elle n'était rien de plus qu'un joyau de sa collection. Cependant… un joyau, aussi brillant soit-il, n'avait pas la capacité de voir au travers de lui.

— J'ai plus ou moins grandi avec ma mère jusqu'à mes quatorze ans, reprit-il. Nous vivions à Édimbourg. C'était très dur. Parfois, ma mère était heureuse, optimiste, d'autres fois, elle se perdait dans ses addictions. Je l'aimais, mais je n'ai pas pu la sauver. Elle est morte d'une overdose quand j'avais seize ans. Cela faisait déjà deux ans que je ne vivais plus avec elle. J'avais rencontré un autre adolescent de deux ans plus jeune, Apollo. Après la mort de ma mère, nous avons rejoint Londres. Nous gagnions de l'argent comme nous pouvions, jusqu'à ce que nous parvenions enfin à investir nos maigres fonds mal acquis dans une entreprise plus légitime. Il n'empêche, les fondations de l'empire que nous avons créé reposent dans ces années de galère.

— C'est étrange, fit-elle, je vous ai toujours imaginé dans ce château.

— Je ne l'ai acheté qu'il y a dix ans.

Il attendit qu'elle lui demande pourquoi, mais elle semblait savoir à quelles questions il refusait de répondre.

— Comment gagniez-vous de l'argent ?

— Vous voulez vraiment connaître la réponse ?

— Oui.

— Par le vol, pour commencer. Nous étions d'habiles pick-pockets : Apollo a toujours été doué pour créer des diversions et il est longtemps resté petit et frêle.

C'était d'autant plus ironique quand on savait qu'Apollo dépassait largement le mètre quatre-vingt-dix à présent. À l'époque, il n'était qu'un gamin maigrelet aux grands yeux sombres, capable d'éveiller la pitié de n'importe quel passant. Pendant qu'il les endormait avec une histoire à pleurer, Cameron les dépouillait en toute tranquillité.

— Mais ça nous rapportait à peine de quoi vivre et nous avons vite réalisé qu'il y avait de meilleurs moyens de faire de l'argent. Le plus simple, c'était le sexe.

Il observa avec attention sa réaction. Était-elle dégoûtée par ce qu'il venait de dire ?

— Vous vous êtes prostitués ?

Elle avait parlé d'un ton grave, dans lequel il ne décela cependant aucune trace de jugement.

— Oui, et sans que cela nous pose beaucoup de problèmes. Nous étions déjà bien endurcis. Vendre nos corps nous rapportait, surtout si l'on ajoutait un peu de chantage par la suite. Figurez-vous qu'il n'y a pas grand monde prêt à courir le risque qu'on apprenne qu'ils ont payé pour coucher avec des adolescents.

— C'est affreux, dit-elle dans un souffle.

Elle éprouvait de la pitié, non pour son apparence, mais pour son passé. Quelle étrange créature... Où avait-elle pu apprendre la pitié dans l'existence qui avait été la sienne ?

À moins que ce ne soit la dureté de la vie qui se charge d'arracher la bonté aux êtres humains. Ç'avait été le cas pour lui : il avait appris à déconnecter ses émotions, à tel point qu'elles avaient disparu. Jusqu'à ce qu'il éprouve l'atroce morsure de la culpabilité. Alors, il avait rangé cette émotion dans sa collection, comme le plus cher de ses trésors et il veillait jalousement dessus.

Il était un monstre, sans l'ombre d'un doute. Néanmoins, il lui restait encore ce sentiment de culpabilité pour se souvenir de son humanité.

— Pas vraiment affreux, non, dit-il honnêtement. Je ne ressentais rien à l'époque, et j'avoue que je ne ressens pas davantage de regrets pour cette activité aujourd'hui. En fait, nous n'éprouvions rien d'autre que du mépris pour ceux qui nous payaient. On prenait leur argent sans remords. Nous avions le pouvoir, Athéna, et le pouvoir est une chose très importante. On peut tout vendre, sauf son pouvoir.

— C'est une vision terriblement cynique.

Cameron s'adossa à son fauteuil, entièrement concentré sur son visage à travers l'écran.

— Je suis cynique, convint-il. La vie ne m'a donné aucune raison de ne pas l'être. J'ai connu des succès et des échecs, parce que tout ce que la vie vous donne, elle peut le reprendre en une fraction de seconde. Ça ne sert à rien de s'attacher à quoi que ce soit. J'ai découvert que ces dix années passées entre ces murs ont au moins été… miennes. Ici, j'ai le pouvoir de contrôler ce qui m'entoure. En fait, la seule chose qui soit venue défier ce contrôle, c'est vous.

— Moi ? Vous n'étiez pas obligé de me tirer de la cabane où vous m'avez trouvée. Pourquoi l'avoir fait ?

Cameron baissa les yeux, et son regard tomba sur les cicatrices qui marquaient la peau de ses mains.

— Parce que je vous voulais.

Elle avait de nouveau levé le visage face à la caméra.

— Dans quel but ?

— Je ne le savais pas encore. Simplement, quand je tombe sur quelque chose de beau, je le garde.

En vérité, il avait une idée assez claire de ce qu'il aurait aimé faire avec elle pour passer le temps. Toutefois, il savait aussi, depuis le premier instant, qu'il ne chercherait jamais à satisfaire son désir physique avec elle.

L'avoir entre ces murs lui procurait en soi un immense plaisir… en même temps que bien des tourments.

6

Athéna galopa jusqu'à ce que le vert des forêts devienne un brouillard rouge devant ses yeux épuisés. Elle n'avait aucune idée de ce qui lui arriverait quand elle quitterait le cocon du château et cette ignorance devenait insupportable.

Dans la forteresse, elle savait à quoi ressemblait la routine de chaque journée. Les jours se suivaient et se ressemblaient : elle se levait et se préparait, ses cheveux étaient brossés jusqu'à ce qu'ils brillent. Ensuite, si sa mère voulait faire des soins au spa, elles faisaient des soins au spa. Si elle était plutôt d'humeur à lire au bord de la piscine, elles lisaient au bord de la piscine. Une poupée... pas une fille. Juste un jouet dépourvu de volonté et de libre arbitre.

Ici, c'était différent. Elle était enfin sortie du carcan qui avait été le sien si longtemps. Même si elle n'avait pas de réponse au mystère de son passé, Athéna avait la sensation d'en apprendre davantage sur elle-même.

Cameron lui parlait très souvent, à tout moment de la journée. Il laissait toujours un gâteau pour elle dans la cuisine. Bien malgré elle, Athéna commençait à ressentir une forme d'attachement envers cet homme.

Le récit de son enfance lui avait déchiré le cœur. Pourtant, elle se sentait honteuse de ressentir du chagrin pour un homme qui lui avait froidement déclaré qu'elle n'était à ses yeux qu'un objet dans sa collection. Malheureusement, à chaque fois que sa voix grave résonnait dans l'Interphone, son cœur faisait un bond dans sa poitrine. Son timbre l'apaisait étrangement. Elle n'aurait pas dû autant apprécier l'entendre l'appeler « petite déesse ».

Elle devenait folle à tenter de comprendre pourquoi il persistait à ne pas se montrer, quand ce serait de toute façon inévitable. Ils allaient se marier, pour l'amour du ciel !

Athéna pressa plus fort les flancs de sa monture pour aller plus loin, plus vite, pour échapper aux émotions qui l'enfermaient dans une nouvelle cage à l'intérieur d'elle-même. Elle n'aurait pas dû se plaire autant ici. Elle n'aurait pas dû ressentir quoi que ce soit d'autre que de la colère envers lui. Il ne l'avait pas libérée, elle était toujours enfermée.

Elle galopa tout droit sans s'arrêter, jusqu'à ce qu'elle parvienne enfin aux limites du domaine. Alors, elle mit son cheval au pas pour longer le mur d'enceinte, dans lequel elle trouva bientôt un éboulis, là où les pierres accotées à une butte avaient glissé. Elle pouvait y grimper et s'échapper. Soudain, le cours de ses pensées l'effraya. Elle fit volte-face en direction du château.

Quelques minutes après son retour, elle s'étonna que Cameron ne lui ait toujours pas parlé.

— Cameron ? appela-t-elle.

Aucune réponse. Les heures passèrent et l'inquiétude commença à l'envahir. Puis vint une désagréable sensation de solitude. Enfin, le sentiment d'abandon, brutal, douloureux, la prit à la gorge. Cela allait au-delà d'un besoin de protection, ou de l'angoisse de ne pas savoir de quoi serait fait son futur s'ils ne se mariaient pas. En fait, c'était au-delà du rationnel. Athéna se sentait dévastée à la pensée de ne plus jamais entendre sa voix, de ne jamais connaître cet homme avec lequel elle avait noué un lien puissant.

Sans même y penser, ses pas la conduisirent vers la tour Nord. Elle était consciente qu'elle commettait une infraction à ses règles, cependant, elle était poussée par une force bien plus grande que la curiosité.

Pourquoi ne voulait-il pas la voir dans la tour Nord ? Parce que c'était là-bas qu'il était ! Elle monta les marches qui la menaient toujours plus haut vers le sommet. Un malaise l'envahissait à mesure qu'elle progressait. Il devait avoir installé des caméras ici aussi. Il la verrait approcher. D'un instant à l'autre, sa voix l'arrêterait.

Mais rien ne se produisit, alors elle poursuivit son ascension. Tout en haut des marches, elle poussa lentement l'unique porte. Devant elle, des dizaines d'écrans apparurent. Elle voyait enfin à travers ses yeux.

Il avait dit vrai : sa chambre n'apparaissait nulle part. Au moins, il n'était pas un pervers. Elle tourna lentement dans la pièce : l'endroit était spartiate, mis à part la technologie qui envahissait tout l'espace. Elle connaissait déjà cet aspect de sa personnalité. Elle voulait découvrir autre chose sur lui, sur son humanité. Malheureusement, il n'y avait aucun indice.

Soudain, son regard tomba sur une vitrine. Sur les étagères vitrées, elle découvrit des roches, des écus, des pierres précieuses... Sa collection. La curiosité lui fit lever la main vers les trésors qu'il avait rassemblés.

— Que faites-vous là ?

Athéna fit volte-face dans un sursaut et son cœur remonta dans sa gorge. Il se tenait dans l'encadrement de la porte, immense et imposant. Son visage restait dans l'ombre de sa capuche tirée sur son front.

— Je vous avais interdit de venir ici !

— Cameron, je...

— Partez, lâcha-t-il dans un grondement.

Comme il faisait un pas en avant, menaçant, un rai de lumière éclaira ses yeux. Ils étaient d'un bleu électrique, magnifiques et terrifiants.

— Sortez !

Son ordre la fit frissonner violemment.

— Je suis désolée, balbutia-t-elle. Je ne sais pas...

— Je vous avais dit de ne jamais venir dans la tour Nord !

Athéna fit un pas en arrière, le corps traversé d'une puissante vague d'émotion – de la peur... et quelque chose d'autre aussi. Il émanait de lui une menace diffuse, pourtant... elle ne craignait pas qu'il lui fasse du mal. En fait, elle se sentait comme attirée par lui, à la manière d'un aimant.

— Je vous cherchais, tenta-t-elle en faisant un pas vers lui.

— Assez ! dit-il en levant la main pour qu'elle n'avance pas plus. Ne me rendez pas responsable de votre trahison.

— Ce n'était pas une trahison, je...

Il marcha sur elle et la saisit au poignet pour l'attirer vers lui. Athéna s'immobilisa, sous le choc. Il y avait son parfum de bois de santal, sa force brute et la chaleur insoutenable qui émanait de lui. Son souffle se bloqua dans sa gorge. Tout en lui était intense, puissant. Il n'était pas tout à fait un homme, mais une force de la nature, dangereuse et attirante.

Dans son mouvement, sa capuche tomba. Athéna découvrit de longs cheveux noirs, une barbe fournie et sa peau... couturée de cicatrices, ruinée.

Son front était traversé d'une profonde entaille qui courait jusqu'à sa joue droite, dont les os paraissaient avoir été brisés. Son nez était dévié, à la manière d'un boxeur qui aurait reçu trop de coups de poing. Trois balafres blanches barraient son sourcil gauche. Le reste de ses cicatrices était recouvert par sa barbe. La main qui s'était refermée sur son poignet était elle aussi recouverte d'épaisses brûlures.

Elle comprenait enfin pourquoi il ne quittait jamais cet endroit, pourquoi il ne lui parlait jamais qu'à travers l'Interphone. Ce qui lui était arrivé avait dû être atroce, pour laisser de telles marques.

— Je..., essaya-t-elle encore.

— Partez, gronda-t-il en la relâchant brutalement.

— Cameron, je vous en prie...

— J'ai dit, partez ! Dehors !

Violemment, il lança son bras en travers de la table, et les écrans s'écrasèrent bruyamment au sol. Soudain, la peur l'envahit parce qu'il ressemblait à une bête sauvage aux abois. Ce n'étaient pas les cicatrices qui la terrifiaient, c'était sa rage brutale, incontrôlable.

Cette fois, elle partit en courant vers l'escalier et descendit les marches sans se retourner. Elle fila vers la sortie, traversa les jardins. Elle continua de courir même lorsque son cœur menaça d'éclater dans sa poitrine. Athéna savait exactement où ses jambes la portaient. Vers le mur, vers l'issue qu'elle y avait découverte. Elle ne pouvait pas rester. Pas auprès de quelqu'un qui ne pouvait être raisonné. Elle refusait de se mettre de nouveau en danger, à la merci d'un homme infiniment plus puissant qu'elle.

Enfin, elle parvint en vue du mur d'enceinte. Sans hésiter, elle grimpa les pierres à demi effondrées et se laissa glisser de l'autre côté. Aussitôt, elle reprit sa course, mais elle parvint bientôt au sommet d'une falaise qui surplombait la mer. L'océan était donc si proche ? Il lui avait dit qu'il n'avait plus vu la mer depuis des années...

C'est alors qu'elle entendit le grognement. Elle tourna la tête à droite et découvrit un grand chien à l'air féroce et aux babines retroussées. Un frisson de peur la parcourut comme elle lui faisait face.

— Du calme, le pria-t-elle en reculant prudemment.

Son cœur battait la chamade. Elle était piégée entre le précipice dans son dos et la bête nerveuse et agressive.

Soudain, des bruits de sabots lui parvinrent. Le chien les perçut également, car il s'immobilisa, sans pour autant quitter sa position d'attaque, prêt à bondir sur elle.

Cameron apparut, monté sur un étalon à la robe noire. En le voyant, le chien se tourna vers lui, changeant d'adversaire.

— Athéna ! s'exclama-t-il en sautant au bas de sa selle.

Hélas, comme il s'élançait, le chien passa à l'attaque et referma les crocs sur son avant-bras. Cameron secoua violemment son bras, envoyant l'animal à plusieurs mètres. Celui-ci partit aussitôt, la queue entre les jambes. Déjà, sa chemise se tachait de sang et Athéna poussa un cri d'horreur.

— Cameron !

Il n'était plus un monstre terrifiant à ses yeux, seulement un homme blessé. Par sa faute. Athéna reçut comme une gifle les conséquences de ses actions, en même temps qu'un intense soulagement l'envahissait. Elle se sentit brusquement submergée d'une myriade d'émotions si complexes qu'elle aurait été incapable d'y mettre de l'ordre.

Sans prévenir, il la souleva dans ses bras et la porta vers le cheval, comme si elle ne pesait rien.

— Petite folle, pesta-t-il en sautant juste derrière elle.

Il la maintint d'un bras ferme, avant de lancer l'étalon au galop en direction du château. Prise entre son torse et son bras puissant, Athéna se sentait toute petite. La chaleur qui émanait de son grand corps parlait encore de fureur, mais aussi d'autre chose.

— Vous êtes à moi, gronda la voix familière à son oreille. Nous avons passé un marché.

Son souffle sur sa nuque la fit frissonner.

— Vous saignez, s'alarma-t-elle en baissant les yeux vers son bras.

— J'ai vécu pire, comme vous avez pu le constater.

— Cameron...

— Je comprends que vous ayez eu besoin de fuir devant mon visage, c'est exactement pour cela que je vous avais interdit de fourrer votre nez partout. Je vous avais dit qu'il fallait attendre avant de nous rencontrer, vous n'avez rien voulu entendre.

— Vous m'avez fait peur.

— Il fallait obéir !

Aucun d'eux ne parla plus pendant le reste du trajet. Athéna ne savait si elle avait plus envie de se laisser aller contre lui ou bien de se débattre. Cet homme la mettait dans tous ses états et cela l'agaçait prodigieusement. En effet, elle n'était pas innocente au point de ne pas comprendre que la chaleur sourde qui consumait ses reins était une preuve de désir.

— La porte s'est ouverte toute seule devant nous, est-ce que le système vous a reconnu ? demanda-t-elle pour s'obliger à penser à autre chose.

— Oui.

— Par la reconnaissance faciale ?

— Exactement. J'éprouve toujours un grand plaisir à me dire que j'ai forcé mon système à reconnaître ce visage.

— Je ne me suis pas enfuie à cause de votre visage.

Il émit un grondement sourd qui se répercuta entre ses omoplates. Pourquoi fallait-il qu'elle soit tellement consciente de son corps si large, si fort, si musclé ?

— Allez à l'intérieur, dit-il devant le seuil.

— Non, répondit-elle simplement en descendant de cheval.

— Ne commencez pas à discuter.

— Vous êtes blessé, répliqua-t-elle en lui prenant les rênes des mains. Je peux m'occuper du cheval.

— Il ne répond qu'à mes ordres, argumenta-t-il en refusant de lâcher la longe.

— Il se débrouillera peut-être très bien avec moi.

— Pourquoi faut-il que vous me testiez sans cesse ?

— Vous saignez, répéta-t-elle en se retenant de lever les yeux au ciel.

Enfin, il lâcha la longe. Athéna sut aussitôt que ce n'était pas une capitulation, il voulait plutôt lui donner une leçon. Elle s'éloigna vers l'écurie en le gratifiant d'un haussement d'épaules. Là-bas, elle retira la selle et la couverture du dos de l'étalon, puis son mors et vérifia enfin ses sabots, avant de lui flatter l'encolure et de le conduire dans sa stalle.

— Vous voyez ? Il me tolère parfaitement.

— Parce que vous êtes une jeune femme courageuse.

— Ou parce qu'il aime tout le monde ! Simplement, il n'a pas eu l'occasion de croiser d'autres personnes.

Il la surprit en esquissant un sourire de sa bouche abîmée.

— Je peux difficilement contester cet argument.

— J'ai le pressentiment que vous adorez contester n'importe quel argument. Vous êtes incroyablement têtu, Cameron. J'ai demandé à vous voir il y a deux semaines. En vain. Et il ne reste que deux semaines avant que nous soyons présentés comme mari et femme.

— Nous ne serons pas seulement « présentés » comme tels. Nous allons nous marier.

— Vous pensiez vraiment que vous cacher était le meilleur moyen d'exécuter votre projet ?

Il lui adressa un regard dur :

— J'ai pensé qu'il valait mieux que vous appreniez à me connaître avant de me voir.

— Eh bien, je vous connais maintenant. Ou plutôt, non, n'est-ce pas ? Parce que dès l'instant où j'ai vu votre visage, vous m'avez montré une tout autre facette de votre personnalité. Votre fureur. Vous avez cassé tous les ordinateurs de votre bureau. Et tout cela pour quoi ? Pour m'effrayer ? Ce n'était pas franchement malin.

— Ce n'est pas à vous de juger mes actions.

— C'est pourtant ce que je viens de faire. De même que je refuse d'être votre prisonnière. Nous sommes des partenaires dans cette affaire. Vous m'offrez votre protection, en échange de mon aide.

Cameron saisit son poignet, se rapprochant dangereusement. Athéna sentit sa gorge se nouer en percevant son parfum enivrant. Quand il était si proche, une étrange sensation oubliée montait du fond de sa mémoire, comme un souvenir fugace. Il lui rappelait quelque chose, ou quelqu'un. Quoi qu'il en soit, sa proximité asséchait sa bouche et faisait battre son cœur beaucoup trop vite.

— Je *suis* en colère, gronda-t-il. C'est pour ça que je reste à l'écart du monde, que je voulais rester à distance de *vous*. Je ne sais pas comment fonctionner avec quelqu'un.

— Vous avez dit que vous aviez un ami… Apollo.

— Si nous nous étions rencontrés maintenant, nous ne serions pas amis.

— Apollo ne risquait pas de vous rencontrer maintenant, à moins de s'endormir dans les bois pour que vous l'emportiez dans votre château.

Avec un soupir exaspéré, il relâcha son emprise.

— Même si vous n'êtes pas ma prisonnière, je ne vous donnerai pas accès à Internet.

— Pourquoi ça ?

— Parce que vous trouveriez des choses sur moi.

— Des choses que vous ne voulez pas que je voie ?

— Pas tout de suite. Je voulais que l'on puisse se découvrir à notre rythme, que vous appreniez à me connaître sans savoir qui j'étais... avant.

— Comment pourrais-je vous connaître sans jamais voir votre visage ?

Elle ne parlait pas de ses cicatrices, non, cela allait au-delà. Il lui fallait être en sa présence pour mieux le comprendre.

Son regard revint sur son avant-bras qui saignait toujours.

— Venez, rentrons, dit-elle en prenant son poignet.

Il sembla amusé de se voir ainsi tiré vers le château.

— Allez ! insista-t-elle. Vous avez besoin d'un médecin.

— Je ne vois jamais personne.

— Vous avez besoin d'être vacciné et recousu ! Ce chien pourrait être malade.

— Très bien, j'ai un médecin.

— Vous êtes décidément impossible ! Appelez-le, tout de suite !

Elle le poussa dans le fauteuil du salon, près de la cheminée.

— Commandez du feu, ordonna-t-elle.

Il obtempéra, faisant surgir des flammes dans l'âtre.

Athéna se concentra sur son bras. La chemise ensanglantée avait été déchirée par les crocs, aussi décida-t-elle d'élargir le trou en déchirant le tissu plutôt que de remonter la manche, au risque de lui faire mal. Elle exposa ainsi une plaie importante.

— Je suis désolée, murmura-t-elle. Ça doit être douloureux.

— Vous n'auriez pas dû vous enfuir, lâcha-t-il sèchement.

— Et vous n'auriez pas dû me poursuivre ! Surtout, vous n'auriez pas dû...

Comme il se penchait tout près d'elle, Athéna perdit son souffle une fraction de seconde.

— ... m'effrayer, acheva-t-elle.

Cependant, ce n'était pas la peur qui rendait sa voix tremblante, tandis qu'elle plongeait le regard dans ses insondables yeux bleus.

— Vous auriez dû rester là où vous en aviez l'autorisation. Je vous ai laissé libre accès à toute la propriété, et le seul endroit où je vous dis de ne pas aller...

— Pourquoi, d'ailleurs ?

— Parce que la tour Nord est mon domaine.

Elle soutint son regard féroce.

— Ce n'est pas votre visage qui m'effraie, mais votre sale caractère, répéta-t-elle. Que vous est-il arrivé ?

— C'est précisément pour éviter cette conversation que j'ai voulu retarder ce face-à-face.

— Il n'a que trop tardé. Appelez le médecin, d'abord.

Cameron envoya un message au manager de son équipe pour que celui-ci fasse venir le docteur.

— Le Dr McCall sera bientôt là.

— Racontez-moi, insista-t-elle. Pendant que nous l'attendons.

— C'était un accident de voiture.

— Je suis désolée. Ça a dû être affreux.

— Vous n'imaginez pas. C'était... un carnage.

— Vous avez survécu par miracle.

— Ma passagère n'a pas eu droit au même miracle, elle.

— Mon Dieu... je suis navrée.

— Vous n'avez pas à l'être. C'est moi qui le suis et le resterai pour le restant de mes jours. La vie d'Irina lui a été arrachée. La mienne a été épargnée. Il n'y a aucune justice là-dedans. Je conduisais trop vite, je suis le seul responsable.

— Est-ce que... Irina était votre petite amie ?

Il eut un rire qui sonna horriblement creux.

— Elle était mon amante.

— Vous avez dû avoir le cœur brisé...

Ses yeux se durcirent brusquement et ses traits se firent impassibles.

— Non, je n'ai pas eu le cœur brisé, *lass*, et c'est bien le pire. Je n'étais pas amoureux d'elle. Irina n'était à mes yeux qu'un divertissement, ç'aurait pu être n'importe quelle autre femme dans la voiture ce jour-là. C'est tombé sur elle, jeune, belle, pleine de vie, aimée par ses parents. Si elle avait vécu, elle serait mariée, elle aurait sûrement des enfants. Je n'étais qu'un à-côté dans cette existence. Elle avait des sœurs aimantes, une famille, alors que je n'ai personne. Il y a tellement de gens à qui elle manque.

— Et donc, vous vous imposez de vivre comme si vous étiez vous aussi mort ce jour-là ?

— N'est-ce pas le seul moyen de lui rendre justice ?

— Cela n'a rien à voir avec la justice. Je ne sais même pas ce que c'est... une punition parfaitement inutile ?

— Qu'est-ce que vous pouvez bien en savoir ?

Il ne lui laissa pas le temps de répondre, car il se leva.

— Il est là.

— Je vais lui ouvrir, dit-elle en se précipitant vers la porte.

Mais déjà Cameron l'avait ouverte via la commande vocale. Un homme âgé entra. Il salua d'un simple hochement de tête et se mit au travail sans un mot.

Athéna se demanda si c'était le marché que Cameron avait passé avec le médecin : le soigner sans échanger une parole. L'homme agissait comme s'ils ne partageaient pas le même espace et il partit aussi vite qu'il était apparu, laissant seulement une boîte d'antidouleurs sur la table. Cameron les prit et les jeta aussitôt à la poubelle.

— Le risque de devenir dépendant est trop important quand la souffrance est constante, expliqua-t-il face à ses yeux élargis. Je me suis exercé toute ma vie à ne pas ressentir la douleur.

De toute évidence, sa colère commençait à refluer.

Athéna s'avança vers lui et voulut poser la main sur son bras, mais il se dégagea brusquement.

— Je vais bien.

— Vous semblez... je..., balbutia-t-elle, sans bien savoir ce qu'elle cherchait à exprimer.

— Arrêtez de vous inquiéter pour moi. Je n'en vaux vraiment pas la peine.

— Vous n'êtes pas encore prêt à retourner dans le monde.

— Qui êtes-vous pour décider ce que je suis prêt à faire ?

— La femme qui vit avec vous depuis deux semaines. Il

faut que nous nous préparions ! Vous vous rappelez comment danser ? Vous avez dit qu'il y aurait un bal.

— Parce que *vous* savez danser ?

— Oui. Mon père s'est assuré que je dispose de toutes les compétences sociales nécessaires pour devenir un jour une épouse accomplie, j'imagine.

Rien de ce qui avait fait sa vie n'avait été pensé dans son intérêt, de toute façon. Dire qu'elle s'était sentie privilégiée de ne pas être à la place de Rose, de ne pas être constamment au service des autres. Comme elle n'occupait pas ses journées à travailler, elle avait cru que ses parents la gâtaient, quand rien de tout cela n'était pour elle.

— Je suis sûr que je me souviendrai comment faire, le moment venu, maugréa-t-il.

— Et pour le dîner ? On attendra de vous que vous entreteniez la conversation à table.

— C'est pour cela que je vous ai, vous.

— Je ne pourrai pas faire toute la conversation à votre place. Que comptez-vous dire aux gens sur notre rencontre ?

— Que je vous ai trouvée dans une cabane au fond des bois, sur ma propriété.

— Vous ne pouvez pas raconter ça, même moi, je le sais !

— Vous posez trop de questions et vous êtes trop exigeante, s'agaça-t-il.

— Vous avez fait de moi votre captive, comment pourrais-je me montrer exigeante ? C'est vous qui avez décidé que nos échanges devaient être conflictuels !

— Très bien ! Vous avez gagné ! Nous allons nous préparer à cette soirée à votre façon.

— Bien. La première chose que vous m'avez prouvée, aujourd'hui, c'est que vous avez grand besoin d'entraînement dans vos échanges avec les gens. Renverser des tables ne va pas vous gagner les faveurs de quiconque, que je sois à votre bras ou non. À ce propos, pourquoi avez-vous besoin d'une épouse ?

— Il suffit de me regarder.

Elle leva le menton et soutint son regard avec défi.

— C'est ce que je fais.

— Alors, soyez honnête. Croyez-vous qu'on puisse me regarder autrement que comme un objet de pitié ?

— C'est peut-être parce que vous me hurliez dessus, mais moi, en tout cas, je n'ai pas eu pitié de vous.

— C'est surtout que vous ne m'avez pas vu… avant.

— Dans ce cas, montrez-moi.

Il tira son téléphone de sa poche et, après quelques clics, il tourna l'écran vers elle. L'homme qui apparut sur la photographie avait des cheveux bruns coupés court, ne portait pas la barbe et était incroyablement beau avec ses mâchoires carrées, ses traits parfaitement symétriques… et ses yeux saphir.

Athéna plongea son regard dans les prunelles de l'homme qui lui faisait face. Les mêmes yeux pénétrants.

— C'est vous.

— C'est moi. Maintenant, vous voyez le problème.

— Vous étiez très beau, dit-elle simplement.

— En effet. Et j'ai utilisé mon apparence à mon avantage. Alors, quand les gens entendent mon nom, c'est cette image qu'ils ont en tête. Personne n'a vu mon nouveau visage.

— Mais le public sait ce qui vous est arrivé.

— Bien sûr que tout le monde sait, mais ils n'ont pas pu constater l'étendue des dégâts.

— Et vous pensez qu'en vous affichant avec une femme…

— … les gens penseront que j'ai fait autre chose que rester seul dans mon château pendant la dernière décennie, conclut-il avec ironie. Ainsi, je ne serai pas un objet de pitié.

— Dans ce cas, il faut nous en assurer en trouvant une histoire qui convaincra tout le monde. Si vous voulez reprendre le contrôle de votre public, allez jusqu'au bout. Il faut une histoire exceptionnelle. Si tout le monde nous considère comme un couple, mon père ne pourra rien contre moi, car ma disparition provoquerait des remous.

— Ah, voilà ma déesse de la Guerre ! Prête à la bataille.

Il avait raison, elle se sentait forte, résolue. Comme Athéna, et non comme une pierre ou une poupée. Ni comme Naya.

Elle avait commencé à retrouver force et volonté le jour où elle avait fui son père. Désormais, elle ne fuirait plus.

— Si c'est une bataille qu'il veut, il l'aura. Mais avant, nous allons danser.

7

Cameron ne comprenait toujours pas comment elle était parvenue à passer ses défenses si facilement. Il lui avait abandonné le contrôle auquel il se raccrochait depuis tant d'années avec une facilité alarmante. En fait, rien de ce qui s'était passé aujourd'hui n'avait le moindre sens. À commencer par le fait qu'il l'avait poursuivie, parce que l'idée de la perdre lui avait paru intolérable.

Il appela Apollo et rapporta à son ami tout ce qui était arrivé depuis l'instant où il avait trouvé Athéna dans la cabane, jusqu'à ce qu'elle exige qu'ils dansent ensemble.

Un court silence suivit son récit, puis Apollo déclara :

— On dirait bien que tu as rencontré celle qu'il te faut.

Cameron partit d'un rire lugubre.

— Apollo, il n'y a personne qui corresponde à... ça.

— Je ne parle pas de ton apparence, mais de ton esprit.

— De quoi tu parles ?

— Du fait que tu es un sale con entêté. Cette Athéna m'a tout l'air d'avoir une volonté de fer. Explique-moi un peu comment tu fais pour ne pas t'émerveiller.

— M'émerveiller de quoi ?

— Si tout ce que tu m'as dit à son sujet est vrai, si elle n'a jamais quitté cette forteresse et que son père a voulu la marier de force, elle doit être incroyablement forte et solide pour avoir survécu à cela sans être brisée.

— Elle l'est sans aucun doute, confirma-t-il. Ce qui ne

l'empêche pas d'être prodigieusement irritante, notamment parce qu'elle ne fait jamais ce que je lui dis.

— Tant mieux !

— Et elle est belle, dit Cameron. C'est parfait, parce qu'elle va captiver le public. Elle fera un trophée irrésistible pour mon grand retour.

— Je vois. Pourtant, tu n'as pas l'air du tout ravi.

Cameron laissa apparaître son sourire grimaçant.

— On se demande pourquoi. Regarde-moi !

— C'est ce que je fais. Depuis dix ans ! Pourtant, tu ne me fais pas assez confiance pour accepter de me voir en face à face !

En dépit de ce qu'affirmait son ami, Cameron ne pouvait se défaire de l'impression que ce n'était pas la même chose. Apollo le voyait à travers un écran. Il contrôlait certains paramètres, comme la lumière, la durée de leur échange.

C'était entièrement différent d'être vu, véritablement vu. Sentir les grands yeux sombres d'Athéna posés sur lui avait été presque intolérable. S'il avait à peine senti la morsure du chien, le regard d'Athéna l'avait mis au supplice.

— Je la désire, lâcha-t-il dans un souffle.

Les mots étaient comme des couteaux dans sa gorge.

— Ce n'est pas franchement surprenant, répliqua Apollo avec morgue. Est-ce que tu as fréquenté une seule femme en dix ans ?

Cameron mit dans son rire toute la rage et l'amertume qui habitaient son âme.

— Bien sûr que non ! Je n'ai vu personne depuis dix ans !

— Vraiment personne ?

— Qu'est-ce que tu t'imagines ?

— Rien, simplement, j'ai toujours du mal à croire que tu aies pu te refermer sur toi-même à ce point. Je pensais qu'au moins, tu...

— Que j'aurais payé des prostituées ? compléta-t-il d'un ton plat. Que je serais devenu l'un de ces tristes clients dont nous nous moquions en prenant leur argent ? Non, je préfère encore être seul que de tomber si bas.

— Je ne voulais pas dire...

— C'est ce que tu viens de faire, le coupa-t-il durement.

— Je voulais seulement dire que tu aurais pu envisager la chose sous un côté pratique. Puisque tu commandes ta nourriture, tu peux aussi bien commander du sexe.

— En l'occurrence, j'ai appris à cuisiner. Fais ce que tu voudras de cette information.

Apollo se mit à rire.

— OK, OK, c'est parfaitement limpide. Il n'empêche que ta main peut difficilement être un substitut suffisant à la passion physique.

— J'ai eu assez de « passion » pour toute une vie.

— Apparemment pas, puisque tu la désires, elle.

— C'est un inconvénient mineur, rien de plus. Je n'ai aucune intention de faire quoi que ce soit, j'aimerais simplement ne pas ressentir... ça.

— J'imagine que ça doit être exaspérant pour toi... de vouloir quelque chose que tu ne peux pas avoir.

— Au contraire, c'est un sentiment qui m'est familier.

— Pas dans ce contexte, non.

— Toi, en l'occurrence, tu n'as aucune expérience en la matière.

La voix d'Apollo, pleine d'amertume, le surprit :

— Ah, parce que tu crois que tu sais tout de ma vie ? De ce que je ressens ? De ce que je peux et ne peux pas avoir ? Alors que tu refuses de faire partie de ma vie depuis dix ans ? Tu n'as aucune idée de ce que je veux.

Son ami secoua la tête et Cameron ressentit de la honte.

— Non, je suppose que tu as raison.

— Tu as tort de croire que ce que les gens voulaient chez toi, c'était ton visage de beau gosse. Tu as d'autres qualités. Concentre-toi sur elles et charme-la.

— Mon argent, par exemple ?

— Ces dames parleraient plutôt de ta virilité, Cam.

Il leva les yeux au ciel.

— Merci pour ces précieux conseils.

— Bien sûr, je pars du principe que tout va bien de ce côté-là... J'ai l'impression que tu m'en aurais parlé, sinon.

— Ça suffit, coupa-t-il avec un soupir exaspéré. Tout va bien de ce côté, merci !

— Eh bien, alors, séduis-la ! De toute façon, il va bien falloir que tu trouves comme faire semblant de la charmer pour le lancement. Autant le faire pour de vrai ! Au fait, j'ai lancé la communication autour de la soirée.

— Tu as toujours été très doué pour tout ça.

— Tout comme toi, Cam.

— Je ne sais pas comment redevenir celui que j'étais, avoua-t-il. Je ne sais même pas si j'en ai envie. Ça ne me paraît pas... juste.

— Irina est morte, lâcha Apollo dans un soupir. Que tu avances dans ta vie n'y changera rien.

Sur ce, il mit fin à la communication, laissant Cameron seul face à ses réflexions.

Après un moment, il se leva et rejoignit son dressing pour y prendre un costume.

Une fois prêt, Cameron descendit. Il savait qu'Athéna l'attendait dans l'ancienne salle de bal.

Pour la première fois, il n'avait pas vérifié sur écran où elle se trouvait et il le regretta à l'instant où il posa les yeux sur elle. Parce qu'il n'était pas préparé au spectacle dévastateur de sa beauté, ni à la sensualité avec laquelle sa robe moulait ses courbes.

Le tissu jaune drapait superbement ses seins avant de se resserrer autour de sa taille. La fine mousseline suivait le moindre relief de ses hanches épanouies. Elle avait relevé ses cheveux en un chignon flou qui dégageait son visage parfait. Elle ne portait pas de maquillage – il n'avait pas songé à lui en procurer –, et sa beauté n'en était que plus rayonnante.

Elle fit un pas vers lui, le regard grave. Puis elle tendit sa main fine, élégante, parfaite, comme tout le reste de sa personne. Il ne pouvait pas la toucher. Il ne voulait pas prendre le risque de l'abîmer. La dernière fois qu'il avait touché une femme, elle avait perdu la vie. Or, Cameron avait le pressentiment que poser la main sur Athéna ce serait se retrouver face à ses péchés, ne plus pouvoir se détourner de son hideux reflet.

Peut-être que c'était là son châtiment : accepter que sa laideur soit exposée à la vue d'Athéna. À travers elle, c'est le monde entier qui comprenait enfin qu'il était un monstre, au-dedans comme au-dehors.

— Quelque chose ne va pas ? s'inquiéta-t-elle.

— Non... non.

Il prit sa main et l'attira à lui. Ils étaient si près que leurs souffles se mêlèrent. Cameron sentit la tête lui tourner.

Aujourd'hui, il avait été en présence de deux personnes, le médecin et elle. Dix ans sans voir quiconque et voilà qu'il en croisait deux le même jour. Bientôt, il y en aurait des centaines d'autres. Il y était résolu. Il irait jusqu'au bout.

Mais toutes ces résolutions étaient comme diluées par la sensation de sa main dans la sienne, par le contact de sa peau incroyablement douce et par la chaleur de son corps souple qui pénétrait jusqu'à son âme.

Instinctivement, Cameron pressa son corps contre le sien, comme il l'avait fait avec tant d'autres cavalières. Pourtant, rien de ce qu'il ressentait en cet instant n'était une réminiscence familière du passé. C'était nouveau et différent, comme si un enchantement avait pris possession de lui. Cameron n'avait jamais cru à ce genre de choses. Mais tout avait changé en dix ans de solitude. Il avait changé.

Hélas, trop tard pour empêcher la tragédie. C'était là toute l'ironie de ce drame. Son arrogance et son égoïsme d'autrefois n'étaient plus, mais, désormais, il portait sur le visage la laideur de son caractère d'autrefois.

Ce qui ne l'empêcherait pas de profiter de la magie de l'instant. Tenir Athéna dans ses bras était plus grisant que tous les plaisirs fugaces qu'il avait connus.

— Vous vous rappelez encore comment faire ? demanda-t-elle, les paupières baissées.

Il releva son visage de son index.

— Ça ne s'oublie pas. Le plaisir de tenir une femme, de l'entraîner sur la piste...

Cependant, il n'avait pas le droit de laisser son désir pour elle prendre racine, simplement parce que ce besoin viscéral était en soi une volupté plus grisante que tout ce qu'il avait ressenti, une sensation enivrante qui le rendait à lui-même.

Mais il y avait la promesse qu'il sentait dans la légère pression de ses doigts sur ses épaules, la suggestion qu'il lisait dans l'ombre voilée de ses prunelles. Non ! Il se faisait des idées ! Il prétendait être le Cameron d'autrefois, celui sur qui les femmes se retournaient. Au lieu de quoi, il était un ermite qui avait passé dix ans dans ce château avec sa main droite pour seule compagnie. Il n'y avait pas de promesse sensuelle dans l'air. À peine quelques heures plus tôt, Athéna avait fui devant son visage mutilé. Il n'était plus que ruines. Comme il l'était déjà autrefois. Simplement, aujourd'hui, il ne pouvait plus tromper personne.

— Un, deux, trois, souffla-t-elle pour lui donner la mesure.

— Merci, mais je sais compter.

— Vous ne bougiez pas, j'ai cru que vous aviez besoin d'aide, répliqua-t-elle comme il l'entraînait d'instinct.

— Je dois également vous faire la conversation, c'est cela ? Comme c'est aimable à vous d'épouser un homme que le monde entier regardera bientôt comme une brute.

— Je préfère un mari qui a l'apparence d'une brute à un époux qui a l'air charmant et exerce son pouvoir de dévastation en privé.

— Je suis parfaitement capable de dévastation.

— Vous parlez de la mort d'Irina.

— J'étais insouciant, à l'époque, persuadé d'être le roi du monde. J'avais créé un empire à partir de rien. Qui d'autre que Dieu fait ça ? J'aimais me croire tout-puissant, au-dessus des lois des hommes. Rien n'existait d'autre que ce que je voulais dans l'instant. J'adorais être libre d'aller où je le choisissais, de faire ce qui me plaisait, de coucher avec qui je voulais... Cette liberté était enivrante. Jusque-là, j'avais vécu une existence soumise aux besoins vitaux. Tout à coup, ce que je désirais était à portée de main… et je me suis perdu.

— Un accident reste un accident, Cameron.

— Certes. Mais quand vous roulez trop vite…

— Vous étiez tous deux partants pour cette balade, non ?

— Sauf que je n'étais pas Dieu.

Cameron esquissa un sourire triste, même s'il savait que son visage ne rendrait qu'une mauvaise imitation de la chose.

— Et je n'ai pas pu la ramener à la vie, poursuivit-il. C'est une leçon importante. Créer des choses ne donne pas pour autant le pouvoir de créer la vie, Athéna.

Elle remonta sa main le long de son bras, jusqu'à son épaule. Sa caresse était si inattendue qu'il dut serrer les mâchoires pour se maîtriser.

— Les humains créent la vie constamment. Je doute que ce soit ce don qui nous rende spécial.

— Et qu'est-ce que ce serait, selon vous ?

Ses yeux, lumineux, dénués de la moindre peur, croisèrent les siens. Cameron eut envie de se perdre dans cette lumière.

— Ce qui compte, c'est ce qu'on fait de cette vie qui nous est donnée.

L'espoir qu'elle incarnait le fascinait et l'attirait, cependant, l'accident était son jugement, sa malédiction. Le moment où son apparence s'était transformée pour correspondre à la laideur de son âme, afin qu'il ne puisse plus tromper personne avec son visage d'ange devenu celui du diable. Alors il ne l'attira pas plus près.

— Je suppose que vous n'estimez pas que passer dix ans enfermé dans un château soit une façon utile de donner un sens à sa vie, commenta-t-il ironiquement.

— J'ai été forcée de rester cachée derrière des murs, admit-elle en secouant la tête. Vous pouvez partir quand bon vous semble, pourtant, vous ne le faites pas. J'avoue que j'ai du mal à vous comprendre.

— Même après avoir vu...

— Oui, même en sachant ce qui vous est arrivé.

— Vous êtes belle. Comment pouvez-vous savoir ce que cela fait de ressembler à un monstre ?

Elle haussa les épaules.

— J'ai toujours été protégée, y compris des regards intéressés des hommes. Néanmoins, quand cela servait mon père, il utilisait ma beauté à son avantage. Je ne sais pas ce qu'elle m'a apporté de bon.

— Vous le découvrirez bientôt. Les gros titres vous le crieront. Surtout quand vous serez à mon bras.

— Cette comparaison ne vous blessera pas ?

— Non. Il y a beaucoup d'endroits de mon corps qui ne sentent plus rien. C'est une métaphore de mon âme, acheva-t-il d'une voix rauque.

Sans réfléchir, il prit la main qu'elle avait laissée sur son épaule et la posa sur sa nuque. Puis il déplaça ses doigts le long de sa clavicule, là où la sensibilité de ses nerfs n'avait pas entièrement disparu. Bon sang, il aurait pu jurer qu'il avait senti la chaleur de son contact, même là où il était supposé ne rien sentir !

Elle leva les yeux vers lui, et le trouble qu'il y lut le fit reculer précipitamment. Un désir primaire. Le contact de leurs peaux avait non seulement fait mentir la médecine, mais avait aussi créé une réaction chez elle. Et cette réaction était plus insupportable que tout le reste.

— Ne me regardez pas comme ça, gronda-t-il.

— Comment ? murmura-t-elle dans un souffle.

— Vous ne savez même pas ce que vos yeux demandent, n'est-ce pas ?

Elle secoua lentement la tête. Le désir qu'il lisait dans son regard n'était dû qu'à sa proximité avec un homme. D'après ce qu'elle lui avait dit de sa vie, cela ne lui était jamais arrivé. Sa réaction n'avait rien à voir avec lui.

— Demain, nous nous marions. Dans deux jours, nous

partons pour le Continent. Le lancement aura lieu à Londres, mais nous nous rendrons d'abord à Paris.

— Pourquoi ?

Cameron choisit l'honnêteté :

— Parce que j'ai toujours aimé Paris.

8

Le mariage fut rapidement arrangé.

Sans Cameron, c'est un fou dangereux qu'elle aurait dû rejoindre devant l'autel, la peur au ventre et la mort dans l'âme. En revanche, la perspective de son mariage avec Cameron provoquait en elle des frissons d'appréhension et d'impatience mêlées. Cependant, il avait juré qu'il n'y aurait rien de physique entre eux.

Elle le revit en pensée, son regard d'acier posé sur elle. Il était terrifiant. Pourtant, il n'éveillait aucune peur en elle.

L'embrasserait-il une fois la cérémonie achevée ? Elle pressa nerveusement ses doigts sur ses lèvres. Elle savait désormais ce que cela faisait d'être dans ses bras, de sentir sa force mâle partout autour d'elle. Quelle réaction un baiser provoquerait-il en elle ?

Un frisson la saisit, qui n'avait aucun lien avec le froid. Athéna resserra toutefois les pans de son manteau avant de sortir dans le petit matin. L'air embaumait la rosée. Elle se dirigea vers le jardin pour y prendre quelques fleurs fraîches pour son bouquet de mariée.

En dépit de l'air frais, supposé lui remettre les idées en place, ses pensées revenaient toujours à lui. Qu'y avait-il chez cet homme qui l'attirait de la sorte ? Il n'était pas beau, mais après tout, les montagnes des Highlands pouvaient difficilement être qualifiées de jolies, pourtant, elles inspiraient l'admiration et la fascination parce qu'elles étaient sauvages, escarpées, dangereuses. Les contempler lui donnait l'impression que ses poumons se remplissaient d'un air plus pur et revigorant, tout comme la présence de Cameron faisait battre son cœur plus fort. Oui, il la faisait se sentir incroyablement vivante.

Athéna songea à la jeune femme qu'elle était à son arrivée. Tant de choses avaient changé depuis. Ce mariage ne lui offrirait pas la romance qu'elle recherchait, mais ce serait tout de même *son* mariage, *son* choix. Elle refusait de rester passive face à un tel événement.

Comme elle cueillait une dernière fleur pour la mettre à la boutonnière de Cameron, Athéna ne put s'empêcher de sourire : elle voyait déjà sa mine renfrognée.

Bon sang ! Comment pouvait-elle savoir quelle tête il ferait ? Elle l'avait vu seulement la veille ! Et pourtant, elle savait sans l'ombre d'un doute qu'il lui jetterait un regard noir. Elle avait souvent entendu la réprobation dans sa voix, de même qu'elle percevait sans peine son amusement. En fait, elle avait appris à le connaître ces dernières semaines. Et même s'il s'était montré terrifiant la veille, il était aussi venu à son secours.

Le temps qu'elle finisse sa cueillette, le bas de son manteau était mouillé de rosée. À son retour, le petit déjeuner l'attendait dans la cuisine. Bien entendu, il n'était pas visible, mais il avait pris soin de lui préparer une quantité astronomique de gaufres et de fruits frais avant de disparaître.

Sous le coup de l'émotion du jour, Athéna n'avait pas vraiment faim, mais elle mangeait toujours ce qu'il lui préparait. Peut-être parce que c'était l'unique façon personnelle qu'il avait de lui témoigner son attention. À moins qu'elle ne mette bien trop de sens dans un geste qui n'en avait pas tant…

Comme elle remontait dans sa chambre, Athéna s'immobilisa sur le seuil. Une robe blanche était pendue à un portant, sa traîne répandue sur le sol. Les mains tremblantes, elle se dévêtit pour l'essayer.

Sur la table, un magnifique collier en or agrémenté d'une médaille avait été déposé. Comme elle l'étudiait de plus près, elle y reconnut la petite silhouette finement ciselée qui brandissait une épée, les cheveux au vent : la déesse de la Guerre. Sur le contour de la médaille, une inscription disait : « Prends courage. Garde espoir. »

Athéna passa le pouce sur le pendentif, émue. C'était un cadeau parfait, un cadeau qui prouvait qu'il la considérait non pas comme n'importe quelle femme, mais comme Athéna, la déesse guerrière.

Debout face au miroir, elle admira son reflet. Elle ressemblait à une véritable mariée. Elle prit quelques fleurs pour les tresser dans ses cheveux et ajouta un peu d'ombre à paupières dorée sur ses yeux et une touche de rouge à lèvres, prise dans l'étui à maquillage qui avait été posé sur la table.

À l'aide d'un élastique, elle attacha le reste des fleurs en un bouquet, à l'exception de celle qu'elle lui réservait, qu'elle déposa au centre du bouquet.

« Prends courage. Garde espoir. »

Elle prit une profonde inspiration et quitta sa chambre.

Cameron l'attendait au pied du large escalier à spirale, imposant et irrésistible dans son costume sombre. L'aurait-elle trouvé aussi attirant s'ils n'avaient pas autant discuté ces dernières semaines ? S'il ne l'avait pas sauvée du chien ?

Elle n'avait aucun moyen de le savoir, néanmoins, son physique ne pouvait laisser de marbre. Il ressemblait à ces guerriers du passé, blessés au cours d'une bataille épique. Oui, il avait le physique d'un homme prêt à partir au combat. Pour elle.

— Elle vous va parfaitement, commenta-t-il en posant sur elle son regard impénétrable.

La gorge nouée, elle le remercia.

— Allons-y.

— Attendez !

Elle s'avança jusqu'à lui et tira la fleur de son bouquet pour la fixer à sa boutonnière. Comme prévu, il se renfrogna.

— Qu'est-ce que vous fabriquez ?

— J'ai pensé que c'était une bonne idée pour un mariage.

— Je vois.

Sans un merci, il se détourna et marcha vers la porte. Athéna se dépêcha de le rattraper et passa son bras sous le sien sans même y penser.

Il tourna un regard interrogatif vers elle.

— Ça aussi, c'est approprié pour un mariage, dit-elle.

Il ne leva pas les yeux au ciel, mais c'était tout comme. Ils rejoignirent ainsi les portes et cheminèrent le long du chemin tracé dans le jardin. L'air était doux et Athéna sentit quelque chose s'émouvoir dans son âme.

Quand, après un virage, elle aperçut la petite chapelle de pierre, elle ne put retenir un hoquet de surprise émerveillée.

— C'est magnifique !

— Il y avait autrefois tout un village ici, expliqua-t-il.

— Est-ce que la petite cabane où vous m'avez trouvée en faisait partie ?

— Oui. C'était le modèle de chaumière de l'époque.

— Et ceci était leur église.

— Pour le bien que ça leur a fait… Ils se sont accrochés pour continuer à vivre sur ces terres tant qu'ils ont pu, mais… Enfin, gardons la leçon d'histoire pour une autre fois.

— Un lieu sacré aussi merveilleux a dû aider à rendre leurs âmes meilleures. Je ne suis jamais entrée dans une église, avoua-t-elle.

— Vraiment ?

— Non, je vous l'ai dit, je n'ai quitté la forteresse de mon père que récemment. J'en ai vu en photo, cependant. J'ai toujours trouvé qu'il s'en dégageait une beauté sereine.

— Ma mère m'emmenait à l'église pour Noël, dit-il. À elle non plus, ça ne lui a pas apporté grand-chose. Elle n'était pas mieux lotie que ces villageois maudits. Et nos visites à l'église n'ont rien fait pour sauver mon âme, ni la sienne.

— Peut-être que vous devriez faire le premier pas vers Dieu, fit-elle remarquer avec un sourire en coin.

Il secoua la tête mais poursuivit sa marche vers la chapelle. À l'intérieur, un prêtre les attendait.

— Monsieur McKenzie, c'est un plaisir de vous rencontrer ! Et ce doit être votre charmante fiancée.

— Oui, lâcha Cameron. Finissons-en vite.

— Euh... bien sûr, répondit le religieux, visiblement pris au dépourvu.

Ils s'approchèrent de l'autel, et le prêtre ouvrit sa bible pour y lire quelques textes. Puis vint l'échange des vœux. La scène ressemblait tout à fait à ce qu'elle avait lu ou vu dans des films. Pourtant, Athéna eut la sensation de vivre un moment unique. Bien sûr, elle savait que ce n'était pas un véritable mariage, qu'il ne s'engageait pas réellement à l'aimer, qu'ils ne resteraient pas ensemble pour toujours. Cependant, les vitraux qui les entouraient jetaient une lumière magique autour d'eux et, dans cette atmosphère sacrée, elle avait la sensation de vivre enfin la romance dont elle avait rêvé. C'était bien à propos de cela que l'on écrivait des chansons, que l'on déclenchait des guerres.

Cameron, en revanche, semblait absolument imperturbable. Il restait stoïque, le visage indéchiffrable.

— Je vous déclare mari et femme, annonça le prêtre. Vous pouvez embrasser la mariée.

Athéna sentit son cœur battre follement. Dans un instant, il s'approcherait d'elle et poserait ses lèvres sur les siennes.

— Ce ne sera pas nécessaire, merci, lâcha-t-il.

Elle se raidit, piquée au vif. Pourquoi ce sentiment de rejet ? Quelle importance, après tout, puisque rien de tout cela n'était réel ? Ils ne reverraient jamais ce prêtre et il n'y avait personne d'autre pour servir de témoin.

Quand tout fut terminé, elle se retrouva face à des documents légaux qu'elle regarda fixement.

— Je ne connais pas mon nom de famille, avoua-t-elle.

— Si, tu le connais, répondit-il, tu es Athéna McKenzie.

Cette simple phrase lui coupa le souffle. À travers ce nom, il ne lui donnait pas seulement sa protection, il la révélait au monde : elle était enfin dotée d'une existence réelle.

Il lui offrait son nom, et elle sut, en cet instant, que quoi qu'il se passe entre eux elle garderait ce nom. Alors, elle se pencha et signa sans hésiter : Athéna McKenzie.

— Nous ferons préparer des documents d'identité légaux.

— Merci. Mais comment…

— Acheter une identité n'est pas le plus compliqué, dit-il en haussant les épaules.

— Je… je te remercie, Cameron, dit-elle en le tutoyant à son tour.

Ils reprirent ensemble le chemin qu'ils avaient emprunté. Il n'y aurait pas de célébration particulière, pourtant elle se sentait étrangement connectée à lui. Ils étaient bel et bien mari et femme.

Soudain, elle posa la main sur son avant-bras :

— Je voulais te dire… je m'excuse de m'être enfuie. Tu as été blessé en me protégeant, j'en suis sincèrement désolée.

— Je t'avais hurlé dessus.

— En effet. Il n'empêche que je n'ai pas réfléchi. J'avais découvert cette faille dans la muraille et j'ai voulu l'exploiter, sans te laisser une chance. Tu m'avais prévenue de ne pas aller dans la tour Nord, et je l'ai fait quand même.

— C'est vrai.

— Je ne savais pas pourquoi tu voulais me tenir à l'écart. Cela dit, je ne regrette pas mon geste, il était nécessaire que je te voie parce que tu vas devoir rencontrer des gens à la soirée de lancement. Cet événement est important pour toi, n'est-ce pas ?

— Très. Je perfectionne cette technologie depuis dix ans. Elle rend plus confortable l'habitat de n'importe qui, mais elle est aussi capable de répondre aux besoins d'une personne handicapée. Par exemple, le système est suffisamment intuitif pour répondre à des commandes formulées en langage des signes. Maintenant que je sais que la vie peut changer le cours de l'existence de n'importe qui, j'ai compris que la technologie devait servir à améliorer la qualité de vie de ceux qui en ont le plus besoin.

— Ça a été le cas pour toi. Ce système t'a permis de rester en lien avec le monde, d'une certaine façon, même si je crois qu'il t'a aussi maintenu à l'écart. Tu comptes raconter tout cela à tes investisseurs ?

— Oui, et à de potentiels acheteurs, des gros clients qui

installeront ce système dans des chaînes hôtelières et de grandes entreprises. Je ne veux pas que le prix soit prohibitif, puisque je veux le rendre accessible à ceux qui en auront réellement besoin, pour autant, ce n'est que justice que ceux qui peuvent y mettre les moyens le paient plus cher.

— Tu as donc un fond d'altruisme en toi, je le savais !

— Par obligation, seulement. Auparavant, je n'aurais pas un instant songé à la vie d'autrui. Se sortir seul du ruisseau a plutôt tendance à écraser toute compassion. Quand la vie t'apprend que seuls les plus forts survivent, laisser ceux qui tombent derrière soi apparaît dans l'ordre des choses. Ce n'est que quand j'ai dû faire face à ma propre faiblesse que j'ai pris conscience que les gens essayaient de reprendre le dessus peut-être bien plus que je ne le supposais et qu'il ne serait pas mal de leur tendre la main.

— L'accident t'a changé.

— De toute évidence, lâcha-t-il avec une ironie mordante.

Athéna se retint de justesse de lever les yeux au ciel.

— Je ne parlais pas de changement physique, rectifia-t-elle. Est-ce que je pourrais voir la tour Nord, maintenant ?

— Pourquoi veux-tu la voir ?

— Parce que je t'ai vu, toi. Et je suis ta femme à présent.

Ces mots lui parurent aussi vrais et forts que les vœux qu'elle avait prononcés un peu plus tôt. Cependant, son rire dur ébranla quelque peu sa belle assurance.

— Tu n'es pas ma femme, pas dans le vrai sens du terme.

— Bien sûr que si, je le suis. Nous avons échangé des vœux et signé des papiers qui le prouvent.

— Quand ce village était encore debout, il existait des sortes de mariages païens, qui ne devenaient durables et fermes qu'une fois qu'ils étaient consommés.

Athéna sentit une vague de chaleur l'assaillir quand elle l'imagina passer les bras autour de sa taille pour l'attirer à elle. Elle ne pouvait s'empêcher de songer à ce baiser qu'il avait refusé de lui donner. Elle s'approcha de lui et posa la main sur la fleur accrochée à sa boutonnière.

— Je vois. Donc, sans consommation, ce mariage n'est pas réel à tes yeux.

— Non, il ne l'est pas et l'Église catholique serait d'accord avec moi.

— Et pourtant, il doit être suffisamment convaincant pour empêcher mon père ou Mattias de tenter de me reprendre.

— C'est pour ça qu'ils n'ont pas besoin de savoir que notre mariage ne sera pas consommé.

— Consommé..., murmura-t-elle pensivement. Quel terme clinique froid.

— C'est que l'acte en lui-même est froid et clinique.

Elle fronça les sourcils. Quand elle pensait à ses mains sur elle, ce n'était pas du froid qu'elle ressentait.

— J'espère que non. Je compte bien avoir une vie après... tout ça, et découvrir par moi-même ce qu'il en est.

— Tant mieux pour toi.

Cependant, la dureté de son ton contredisait ses paroles. Visiblement, cette conversation ne les mènerait nulle part. Elle voulait davantage de lui que ce qu'il consentait à lui donner, et plus elle le poussait, plus il se montrait revêche et cruel, tandis qu'elle sentait son cœur étrangement attendri.

— Tu veux bien me montrer cette tour, oui ou non ?

— Il n'y a rien à y voir, marmonna-t-il.

Il n'avait cependant pas dit non, aussi le suivit-elle à l'intérieur. Sans parler, il les conduisit vers la tour. Était-ce sa façon de s'excuser pour sa brusquerie ?

Ils parvinrent dans la pièce qu'elle avait découverte la veille. Le chaos qu'il y avait mis n'avait pas bougé. Athéna marcha jusqu'à la vitrine.

— Est-ce la collection dont je fais partie ?

Il hocha la tête, le visage dur, sans un mot d'explication.

— Pourquoi collectionnes-tu ces objets ?

Il détourna le regard, l'air presque... embarrassé.

— C'est une vieille habitude que j'ai arrêtée quand Apollo et moi avons fait fortune. Quand on n'a rien, on garde tout ce qu'on trouve, juste au cas où, et on s'y accroche.

Athéna sentit son cœur se serrer.

— C'est comme cela que tu as commencé ta carrière.

— Je suppose qu'après mon accident, quand la vie m'a repris ce qu'elle m'avait donné, j'ai repris cette habitude de tout conserver.

Ainsi, il avait pensé avoir un jour besoin d'elle, c'était pour cela qu'il l'avait gardée. Elle ne savait si elle devait en rire ou en pleurer.

— Cette pièce est assez spartiate, reprit-elle.

— Mon quotidien l'est, et cela ne m'ennuie pas.

— Tu ne te sens pas seul, ici ?

Il la fixa un long moment, comme s'il prenait une décision.

— La solitude survient quand on attend quelque chose. Je n'attends rien. Je me réveille chaque jour et je suis ce que mon esprit me dit de faire. J'ai besoin d'inventer, de créer. Si je rencontre un souci, mon cerveau s'évertue à le résoudre. La technologie est ce qui dirige et anime mes journées. Je n'ai jamais trouvé beaucoup d'intérêt aux affaires en elles-mêmes ; c'est Apollo qui a toujours géré cet aspect-là. Je n'ai que peu de besoins matériels. Autrefois, il y avait les plaisirs de la chair, mais je m'en suis détaché. Et même alors, c'était le contrôle que je recherchais vraiment. Je voulais surtout reprendre ce dont j'avais le sentiment d'avoir été spolié. C'était une quête aussi inutile que vaine.

Athéna l'avait écouté avec attention. Elle jugea plus prudent de ne pas commenter ses confessions.

— Nous partons demain, conclut-il soudain.

Athéna ressentit une déception intense, dont elle ne parvenait pas à déterminer l'origine. Était-ce parce qu'il refusait de donner la moindre légitimité à leur mariage ? Parce qu'il persistait à la maintenir à distance ? Peu importait ! Elle n'aurait pas dû être aussi désarçonnée par son comportement.

— Qu'y a-t-il ? interrogea-t-il.

Athéna se mordit la lèvre, gênée qu'il ait deviné ses tourments.

— C'est notre jour de noces et ce soir sera...

— Ce soir, tu dîneras comme tous les soirs de ton côté et moi du mien. Ne te raconte pas d'histoires à mon sujet. Comment le pourrais-tu, de toute façon ? Tu ne m'as pas vu ?

Précisément, si, elle l'avait vu. Plus profondément qu'il ne l'aurait voulu, sans doute. Et contrairement à ce qu'il se plaisait à croire, elle ne le trouvait pas repoussant. Loin de là. Elle ressentait au contraire une attirance qui la dérangeait.

— Je ne me raconte pas d'histoires. J'aimerais seulement apprendre à te connaître. Au fait, merci pour le collier. « Prends courage et garde espoir. »

— Je ne savais pas ce qui y était écrit. J'ai trouvé un collier avec la déesse Athéna, ça m'a paru... approprié.

Il mentait, elle le devinait. Mais pourquoi ?

— C'est une bonne chose que tu ne te sentes jamais seul, murmura-t-elle. Ce doit être agréable de ne rien désirer.

Elle le regarda un instant, puis elle tourna les talons. Il lui semblait entendre « mari et femme » à chacun de ses pas qui résonnait sur le sol de pierres. Ce n'étaient que des mots vides de sens.

Elle s'était déjà fourvoyée sur le sens de certains mots par le passé. Elle avait cru être une fille aux yeux de ses parents, quand elle n'était qu'une commodité. Elle n'était rien de plus aux yeux de Cameron, certainement pas une épouse.

Alors, elle ferait mieux de ne pas se laisser aveugler par des colliers en or et les mensonges de son propre cœur.

9

Quand ils montèrent à bord du jet privé, Athéna ne put cacher sa surprise. Elle n'aurait pourtant pas dû être étonnée qu'un homme qui ne voulait être vu de personne ne voyage pas en vol commercial.

Comme l'avion entamait sa descente vers Paris, elle sentit l'anxiété la gagner. Elle prenait conscience, pour la première fois, qu'elle affronterait très bientôt le monde extérieur.

— Y a-t-il eu des articles dans la presse à propos de ma disparition ? demanda-t-elle tout à coup.

— Je ne pense pas, sinon Apollo m'aurait averti.

— Cela en dit long sur le fait que je ne dois avoir aucune existence légale. Mon père n'a apparemment aucun moyen de me rechercher officiellement.

— Ce qui rend notre projet d'officialisation d'autant plus important.

Il avait attaché ses longs cheveux sombres, ce qui lui offrait une meilleure vue sur ses yeux, et leur beauté la frappa. Elle se perdit dans leurs profondeurs insondables. Soudain, elle sentit ses joues s'embraser. Elle ne pouvait le nier plus longtemps : ce qui la troublait ainsi, c'était la morsure du désir. L'idée de ses bras autour d'elle, de ses larges paumes sur son corps, la faisait trembler sous le coup d'une chaleur coupable. Elle aimait son odeur virile et son corps aussi solide qu'un bloc de granit. Et désormais, il était son mari. Il était à elle. Cette pensée accrut encore la tension délicieuse entre ses cuisses. Non ! Ce n'était pas réel ! Elle devait faire cesser ces fantasmes ridicules.

Cependant, même si Cameron n'était qu'une étape sur le chemin de sa libération, est-ce que cela lui interdisait de le désirer ? De le séduire ?

Comme la porte de l'avion s'ouvrait, elle découvrit qu'une limousine les attendait sur le tarmac. Athéna s'immobilisa en haut de l'escalier, soudain pétrifiée. Elle prenait seulement maintenant la mesure du précipice qui s'ouvrait devant elle.

— Je n'ai pas de passeport, souffla-t-elle.

Elle venait juste de prendre son nom, il ne pouvait avoir déjà obtenu ses papiers. C'était une chose de ne pas avoir de document d'identité dans une petite chapelle perdue des Highlands, mais ici, c'était tout autre chose ! Pour toute réaction, il se mit à rire.

— Inutile de t'inquiéter, tout est en ordre.

— Nous n'allons pas passer de contrôle de police ?

— Tu t'imagines que les milliardaires font la queue comme tout le monde pour obtenir leurs papiers ? Bien sûr que non !

— Comment... ?

— Je t'ai déclarée, voilà tout.

Elle fronça le nez tout en rejoignant la limousine.

— Comme ça ? Tu veux dire ... comme une pomme ?

— Si on veut, oui.

— C'est vaguement vexant, en fait.

— Peut-être que les petites fugitives qui n'existent pas aux yeux du système ne devraient pas être trop difficiles...

— Et peut-être que les hommes qui n'ont vu personne en dix ans ne devraient pas avoir une si haute opinion d'eux-mêmes.

Une fois de plus, il rit.

— Oh ! je n'ai pas une haute opinion de ma personne, petite déesse.

Athéna se retrouva bientôt fascinée par la magie du décor qui défilait par la vitre, si bien qu'elle ne rétorqua pas. Les bâtiments étaient majestueux et incroyablement variés dans leur architecture, et elle découvrait avec surprise l'émotion qu'un tel spectacle provoquait en elle. Les Highlands l'avaient émue, mais la beauté de la nature n'avait rien à voir avec le talent humain qui avait dessiné ces merveilles architecturales.

— Qu'en penses-tu ? s'enquit-il.

— Je suis... subjuguée, avoua-t-elle. C'est bien plus beau que tout ce que j'avais pu imaginer de mes lectures. C'est...

— Ça l'est, confirma-t-il d'une voix légèrement rauque qui l'incita à tourner les yeux vers lui.

Impossible de deviner s'il était saisi par la même émotion, mais il y avait une petite étincelle au fond de son regard.

— Où allons-nous ?

— Apollo a prévu un logement pour nous.

— Merci de m'avoir amenée ici. C'est... cela compte pour moi.

— Je te l'ai dit, il y a des choses de ta liste que je peux te donner. Voir le monde est l'une d'entre elles.

— Tu as aussi insisté sur le fait que tu ne m'en donnerais pas d'autres...

— Je n'ai jamais eu le moindre gramme de romance en moi, Athéna.

— Je n'y crois pas. Un homme qui souhaite revoir Paris doit bien avoir un minimum de cœur.

— Ou bien il aime les croissants.

Elle ne put s'empêcher de rire. C'était vrai, elle n'en doutait pas, car il lui avait à plusieurs reprises préparé des viennoiseries avec l'art consommé d'un spécialiste.

— Admettons, tu aimes les croissants. Mais n'es-tu pas sensible à l'art qui nimbe cette ville ?

— Bien sûr que si.

— Et cela n'évoque pour toi rien de romantique ?

— Non, j'y vois plutôt le spectacle de la luxure.

Athéna sentit, malgré elle, son cœur battre plus vite.

— Parce que tu es de nature lascive ? lança-t-elle.

Elle avait la gorge sèche et s'agita sur la banquette. Il appuya le menton sur sa main en se détournant d'elle.

— Tu n'as pas écouté quand je t'ai dit à quoi ressemblait vraiment le sexe, parce que tu préfères ne pas me croire.

Pourtant, tu devrais me croire. J'ai vu et expérimenté beaucoup de choses. Quand tu as parlé des expériences que tu voulais tenter, tu as parlé de romance, pas de sexe.

Athéna se crispa, embarrassée. Son cœur refusait de se calmer et elle savait que ses joues avaient rosi, alors elle tourna à son tour le visage vers la vitre.

— Sexe et romance ne vont-ils pas de pair ?

Sa question lui arracha un rire amer.

— Non, petite déesse. Le plaisir des sens est égoïste, il vise à combler un besoin primaire. Cela n'a rien à voir avec les sentiments. S'il faut rapprocher le sexe de quelque chose, ce serait de l'avidité, pas de l'amour. Ne t'y trompe pas.

Quoi qu'il en dise, elle ne pouvait oublier ce qu'elle avait ressenti quand ils avaient dansé ensemble. Elle était profondément troublée par les émotions qu'il éveillait en elle, pas seulement par l'aspect purement physique de son désir.

Malgré son apparence qu'on aurait pu qualifier de monstrueuse, elle demeurait sensible à la force sauvage qui émanait de tout son être. Elle aimait sa stature puissante, et sa masculinité avait le don de la faire se sentir infiniment femme. Elle aimait que ses mains rudes et abîmées aient été capables de douceur quand il les avait posées sur elle. Les contrastes qui l'habitaient avaient quelque chose d'irrésistible.

Elle avait beau savoir que ce qu'elle ressentait la menait droit vers le danger, qu'elle n'aurait pas dû le pousser dans ses retranchements… elle ne feignait pas les émotions qui l'assaillaient.

Elle sentit ses yeux posés sur elle et tourna vers lui un regard interrogateur.

— Tu es une étrange créature, expliqua-t-il.

— Sûrement un effet de toutes ces années passées en ma seule compagnie.

— Tu as dit que tu avais une amie.

— Oui, Rose. Je voudrais la revoir, retrouver Arès. Il te ressemble par certains aspects.

— Comment cela ?

— Il a des cicatrices, lui aussi. D'un incendie qui a tué sa femme. C'était il y a des années. Naya était la fille de mes parents, celle que j'ai remplacée. Enfin, Arès est effrayant, c'est certain, mais il ne m'a jamais paru cruel.

— Arès est le dieu de la Guerre.

— C'est vrai, je n'y avais jamais réfléchi.

— Donc, Rose était ton amie...

— Oui, mais comme nous étions toutes les deux coupées du monde, aucune ne pouvait apprendre grand-chose à l'autre, d'autant que nous ne nous rappelions pas notre vie d'avant. Et puis, Rose devait travailler, alors que je ne sais rien faire : ni cuisiner ni faire le ménage... Par bien des aspects, j'ai été horriblement gâtée.

— Pourtant, tu étais prête à sauter d'une voiture en marche pour échapper au sort qu'on te réservait.

— Oui, je ne suis pas aussi délicate qu'ils le croyaient. Cela me fait d'autant plus m'interroger sur ce qu'a été mon enfance avant mon arrivée à la forteresse. Je sens qu'il y a quelque chose... comme une connexion que je n'identifie pas... Peu importe, s'interrompit-elle en secouant la tête.

Ils arrivèrent devant un superbe immeuble ancien et Athéna ouvrit des yeux émerveillés. Elle était habituée au luxe clinquant, pas aux splendeurs classiques du passé.

Toutefois, dès leur entrée dans le hall de l'hôtel, elle sentit les regards fuyants se poser et revenir sans cesse sur Cameron. Alors, elle se mit à parler en français, assez fort et trop vite. Elle babilla sur tout ce qui lui passait par la tête, riant à ses propres remarques, afin d'attirer l'attention sur elle.

Tandis qu'ils se dirigeaient vers les ascenseurs, elle glissa son bras sous le sien. Dès que les portes se refermèrent sur eux, il se tourna vers elle.

— Tu parles français ?

— Ah oui. Nous parlions russe en... famille. Mais j'ai appris le grec, l'anglais, le français, l'italien, l'allemand et un peu de japonais.

— Pourquoi ?

— Pourquoi pas ? Je n'avais pas grand-chose à faire de mes journées, alors, dès que je pouvais, j'apprenais. Ma mère voulait que je sois frivole, malléable. Je voulais autre chose. C'est une belle victoire, quand on a été éduquée toute sa vie à ne rien vouloir, de découvrir qu'on n'a jamais cessé d'avoir sa volonté propre.

Se le rappeler l'aida à se sentir plus forte et sereine qu'un moment plus tôt.

— Et pourquoi tout ce cinéma dans le hall ?

— Parce que tu étais mal à l'aise sous les regards et que je n'aime pas ça.

Sa réponse franche, de même que son désir de l'aider le prirent de court.

— Athéna, ne me croie pas meilleur que je ne le suis. La plupart des gens sont horrifiés par mes cicatrices, mais toi... tu vois en moi un projet. Seulement, je ne suis pas ton projet, ni une victime dont tu pourrais combler les manques.

— Très bien, me voilà mise en garde, répliqua-t-elle nonchalamment.

— Je suis celui que j'ai toujours été : certainement pas le genre d'homme avec lequel tu devrais t'impliquer.

— J'ai compris. À mon tour de te mettre en garde : ne commets pas la même erreur que les autres. Je ne suis ni fragile ni stupide. Bien qu'on ait voulu me contrôler toute ma vie, j'ai su conserver mes opinions et ma volonté. Je sais qui je suis. Et j'ai fait ce que j'ai fait parce que je me soucie de toi. Tu ne peux pas m'empêcher de tenir à toi.

Cameron durcit son cœur et son esprit contre ses mots.

— C'est là que tu te trompes. Je peux. Avec le temps.

Elle se détourna, mais il sentit qu'elle ne battait pas en retraite. Plutôt un recul tactique. Elle reviendrait à la charge, avec une détermination renforcée. S'il avait appris quelque chose sur sa déesse de la Guerre, c'est qu'elle ne reculait devant rien.

Il était effectivement tentant de la croire douce et délicate, parce qu'elle était infiniment belle. Peut-être était-ce justement ce contraste qui avait rendu l'Athéna de la mythologie si formidable.

Les portes de l'ascenseur s'ouvrirent directement à l'intérieur du penthouse. Athéna ne jeta pas un regard sur le luxueux mobilier, mais se dirigea tout droit vers les fenêtres ouvertes qui offraient une vue incomparable sur Paris. Son regard émerveillé embrassa la tour Eiffel, la Seine, les toits...

Il la regardait, elle, avec le même émerveillement, la même faim. Pourquoi l'avait-elle testé dans la voiture ? Il savait pourquoi il la désirait, mais quelle raison avait-elle de vouloir tester son innocente sensualité avec lui ?

Celui qu'il était autrefois aurait sauté sur l'occasion sans délai, sans questionnement... Il aurait considéré son admiration pour lui comme une évidence et aurait attendu qu'elle chante ses louanges comme un dû.

Seulement, il n'était plus le même homme. Peut-être devait-il s'en réjouir, considérer ce changement comme une occasion de rédemption. Malheureusement, il se sentait aussi sombre et dangereux qu'à l'accoutumée.

Et elle... sa déesse de la Guerre... si belle... si sensuelle.

— Je voudrais sortir, annonça-t-elle.

— Nous venons juste d'arriver.

— Je sais, mais pourrions-nous... J'ai besoin d'une bague.

Cameron se sentit parfaitement idiot. Comment avait-il pu négliger un détail pareil. Bien sûr qu'elle avait besoin d'une alliance pour prouver au monde qu'elle était *son* épouse.

— Et puis, reprit-elle, il ne serait sans doute pas mauvais qu'on nous voie ensemble avant le grand événement. Il pourrait y avoir des soupçons et des rumeurs, sinon.

— Je croyais que tu ne connaissais rien à la culture populaire.

— Mon soi-disant père a tout fait pour me décourager d'y avoir la moindre part, mais tous les ados sont rebelles, non ? Je vivais en retrait du monde, mais je finissais toujours par dénicher un magazine oublié ou jeté. Je suis donc parfaitement au courant que le public adore les potins.

— Tu es décidément une étrange créature.

— Tu me l'as déjà dit…

— Quel est ton nom de famille, Athéna ?

Elle parut déstabilisée, l'espace d'une seconde.

— McKenzie. C'est le seul que je connaisse.

— Je vais t'aider à trouver la vérité sur ton passé, promit-il. Si c'est ce que tu veux. Cependant, les réponses ne seront peut-être pas celles que tu attendais.

— Dit celui qui a un sombre passé…

— C'est vrai. Il n'y a pas d'heureux secret dans mon histoire. Rien d'autre que la débauche, le désespoir et la tragédie.

— Et pourtant, ce passé a fait la personne que tu es aujourd'hui.

Il eut un rire sans joie.

— Exactement. L'homme que tu as devant toi n'est pas autre chose qu'un monstre. Pourquoi t'acharnes-tu à croire que je puisse être considéré autrement ?

— Parce que je vois beaucoup de choses positives en toi. Tu es brillant. Tu es fort. Et tu es un cuisinier d'exception.

— Absolument pas, répliqua-t-il entre ses mâchoires crispées.

— Sortons, proposa-t-elle. Nous pourrons nous détendre. Depuis combien de temps n'as-tu pas mis les pieds dans un restaurant ?

— Dix ans.

— Et moi, jamais. S'il te plaît. Allons faire un tour dans Paris. Tant que nous ne sommes personne.

— Personne avec des ressources infinies, précisa-t-il.

— Une aubaine pour nous ! Alors, autant en profiter !

Elle laissa son regard le détailler de bas en haut et lança, un mystérieux sourire aux lèvres :

— Mets un costume.

— Pour quoi faire ?

— Parce que je te trouve renversant en costume.

— Et tu t'habillerais aussi pour me plaire ?

— Bien sûr.

— Alors, porte du rouge.

10

Les doigts légèrement tremblants, Athéna remonta la fermeture Éclair de sa robe. Elle n'avait jamais rien porté d'aussi scandaleusement sexy. Cameron aimerait. Elle avait bien vu la façon dont il la fixait quand ils avaient dansé ensemble : elle voulait de nouveau sentir son regard embrasé.

Elle ne s'expliquait toujours pas l'étrange connexion qui existait entre eux, mais elle commençait à croire qu'elle ne s'était pas retrouvée dans cette cabane au fond des bois par hasard, que peut-être une force avait guidé ses pas. Cameron était un être à part, hors du monde, tout comme elle.

Athéna tenta de relever ses cheveux, seulement, elle n'avait rien pour les faire tenir solidement, aussi finit-elle par les laisser librement couler sur ses épaules. Comme elle s'observait dans le miroir, elle songea à ses sous-vêtements de la même teinte écarlate, vaporeux et à demi transparents. L'idée qu'il la voie ainsi fit battre son pouls plus vite.

Cameron l'attendait, debout au milieu du salon, sa haute silhouette nimbée par les lumières de la ville, l'air sévère dans son costume sombre. Il avait taillé sa barbe et attaché ses cheveux en arrière. Il offrait un contraste saisissant, à demi sauvage, presque bestial, et cependant infiniment sophistiqué. C'était ce paradoxe qui faisait courir dans ses veines une chaleur traîtresse.

Et son visage... impossible de le trouver repoussant. Il était magnétique, comme tout le reste de sa personne. Certes, il était douloureux de le regarder, parce que ses cicatrices ne cachaient rien du supplice qu'il avait traversé. Pourtant, elle n'avait aucune envie de détourner le regard, pas même pour contempler la beauté de Paris.

— Y allons-nous ? demanda-t-il de son timbre grave.

— Oui. Tu... tu vas bien ?

Il rit tout bas.

— Tu n'as jamais mis les pieds au milieu de la foule et c'est toi qui me demandes comment je vais ?

— J'ai moins d'expérience que toi mais je me demande si ça ne rend pas les choses plus faciles. Je n'ai pas d'idée préconçue sur ce qui m'attend, tandis que tu as connu une vie différente. Enfin, deux autres vies...

— Viens, l'interrompit-il.

Ils rejoignirent le hall. Devant, la limousine les attendait. Avait-il conduit depuis l'accident ?

— As-tu... ?

— Non. Je n'ai pas eu l'occasion de reprendre le volant, répondit-il sans hésiter. Tu n'as pas appris à conduire ?

— Non. Rien de ce qui aurait pu me donner un semblant d'indépendance n'était bienvenu dans mon éducation. Bien sûr, c'était toujours « pour mon bien ». Personne dans cette forteresse ne se souciait de savoir ce que je voulais vraiment.

— Je connais cette sensation, répondit-il avec douceur. Mais on peut tirer du plaisir de certaines contraintes.

Athéna sentit sa gorge se serrer. Elle devina qu'il parlait des moments où il avait dû se prostituer. Quoi qu'il prétende, elle était certaine de ressentir plus de choses quand il posait simplement les yeux sur elle que lui lorsqu'il allait à ses rendez-vous tarifés. Ce plaisir factice, fugace, n'était qu'une pâle copie pervertie de ce qui devait exister entre deux amants. Exactement comme son expérience familiale n'avait été qu'une imitation d'une véritable vie familiale. Et pourtant, elle avait ressenti de la joie, de l'affection... Rien de plus que de maigres fragments d'un véritable lien filial.

— Ces maigres plaisirs nous coûtent cher, déclara-t-elle.

Parce qu'il y a quelque chose de bien plus grand derrière les murs qui nous enferment. Nous sacrifions un festin pour la miette qui se trouve devant nous.

— Parfois, cette miette est tout ce que nous voyons. Et qui sait si ce n'est pas le désir de changer de vie qui nous mène au bord du gouffre ? Regarde-moi. J'ai trop voulu en changer, et l'existence que j'ai à présent, c'est peut-être justement celle dont je ne dois pas espérer sortir.

— Moi aussi, j'ai connu trois existences bien distinctes. Celle dont je ne me souviens pas, celle dans la forteresse et celle-ci, toute nouvelle. Je dois croire que je peux encore en changer, Cameron, sinon, que m'arrivera-t-il après tout ça ?

Il riva sur elle un regard dur, pénétrant, et elle ne cilla pas.

— Tu t'en sortiras très bien, ma déesse. Tu es dotée d'une force exceptionnelle.

— Je ne sais pas. J'aimerais y croire, seulement rien ne laisse supposer que je me débrouillerai quand je serai seule.

— Tu commettras sans doute des erreurs, tu te perdras peut-être dans l'excès. Je connais cette tentation. Seulement, il y a en toi quelque chose de différent, Athéna. Je crois que c'est ton cœur de guerrière. Il t'ancre dans la réalité. Je me suis perdu parce que je n'ai jamais su qui j'étais. Je ne connaissais que la colère et je tirais du plaisir à manipuler les autres, parce que je les regardais comme des ennemis. Il n'y a pas cette hargne en toi.

— Je n'en suis pas si sûre. Pendant des années, je me suis répété que j'étais gâtée, protégée. Le réveil a été brutal, violent. Et depuis, je ressens cette colère dont tu parles. Parce que me voilà, à vingt-huit ans, incapable de trouver ma place dans le monde. Je n'étais pas faite pour la vie dans la forteresse, mais pour quelle vie suis-je faite ? Peut-être que je vais retrouver une famille dans laquelle je ne serai pas plus à ma place. Tu supposes que je suis mesurée et calme par nature, je crois plutôt que c'est parce que je n'ai jamais eu le droit de montrer ma colère. Je ne sais pas l'exprimer, pourtant, elle est bien là, parce que le monde était là, immense, tout proche, et qu'il m'a été refusé, sans même que je sache pourquoi.

— Tu n'auras peut-être jamais de réponse au « pourquoi ». Personnellement, j'ai laissé cette absence de réponse me dévorer. Les gens autour de moi étaient égoïstes et j'ai agi comme eux.

— Est-ce que je n'aurais pas le droit, moi aussi, d'être égoïste ? Juste pour un moment ?

— Si. Quand nos chemins se sépareront, tu pourras vivre pour toi. Prends l'argent que je te donnerai et dépense-le comme tu l'entends. Prends autant d'amants que tu le veux.

Comme elle le regardait, Athéna eut la satisfaction de le voir se rembrunir à l'évocation de ses amants.

— C'est ce que je devrais faire, selon toi ? Multiplier les amants ? Je croyais que tu avais décidé que j'avais besoin de romance et d'amour.

— C'est ce que *toi*, tu as dit, pas moi. À mon avis, tu tirerais plus d'avantage à chercher autre chose que de la romance pendant un moment. Quelque chose de léger, libre.

— C'est ainsi que tu considérais tes interactions avec la gent féminine avant ? Légères et libres ?

— Non, dit-il dans un rire cynique. Si tu veux tout savoir, je n'ai jamais considéré le sexe autrement que comme une arme, contre l'autre ou contre mes propres démons.

— Et pourtant, tu appréciais l'expérience ?

— Physiquement, oui. Intérieurement, j'étais déjà abîmé et torturé bien avant ce maudit accident. Je prenais surtout plaisir à voir de belles femmes supplier pour mes attentions. Je tirais beaucoup de plaisir de ce pouvoir. Ces femmes étaient un baume apaisant pour la rage qui m'animait. Peu m'importait qu'elles soient aussi des êtres humains que je n'aurais pas dû utiliser ainsi. Je l'ai compris avec une clarté terrifiante quand Irina est morte dans mes bras.

— Les torts que tu as causés te torturent à présent.

— Oui, murmura-t-il. Après l'accident, j'ai laissé cette douleur m'envahir jusqu'à dévorer mon âme. Il fallait bien que quelque chose change, sinon... sinon tout cela n'avait aucun sens, il ne me serait rien resté d'autre que cette laideur.

D'instinct, Athéna posa la main sur sa jambe. Sous le tissu fin, le muscle était dur comme du marbre et elle sentit sous ses doigts la trace profonde d'une autre cicatrice.

— Tu n'es pas laid et tu le sais.

Il referma la main sur son poignet et l'attira vers lui.

— Ne mens pas.

— Je ne mens pas, dit-elle en soutenant son regard ombrageux. Tu as été très clair sur le fait que tu ne voulais rien de physique entre nous, pourquoi mentirais-je ?

Il relâcha sa poigne comme si ce contact l'avait soudain brûlé. Le cœur battant, Athéna peinait à respirer.

— Allons chercher cette bague, gronda-t-il. Je ne te toucherai pas et tu m'en remercieras plus tard. Je suis maudit. Si ce n'était par loyauté envers Apollo, je n'aurais jamais accepté de me lancer dans cette histoire.

— Je ne te crois pas, répondit-elle d'un ton tranquille. Tu ne fais rien dont tu n'aies pas envie. Tu prétends seulement que tu n'avais pas le choix et je ne comprends absolument pas pourquoi tu tiens tant à y croire.

— Arrête de vouloir sans cesse percer les ténèbres qui m'entourent. Tu n'en tireras rien de bon.

Cette fois, elle poussa un soupir excédé :

— Alors arrête d'essayer de me terrifier. J'ai vécu avec un criminel l'essentiel de ma vie !

— Dans ce cas, ne me pousse pas à bout.

— Il faut bien que quelqu'un s'en charge !

Après cet éclat, ils gardèrent tous deux le silence. Quand la voiture freina devant la bijouterie, il lui prit la main et la tira un peu brusquement hors de la limousine.

— On dirait que nous sommes attendus, dit-elle comme on leur ouvrait la porte.

— Apollo a passé un coup de fil.

— Comme c'est pratique d'avoir un charmant milliardaire comme ami. Je crois que je l'aime déjà.

Il se tourna vers elle, en prenant soin de garder ses distances. Ses yeux bleus la transpercèrent.

— Pas lui.

— Tu m'as dit que je devrais avoir autant d'amants qu'il me plairait, lui rappela-t-elle.

Elle ressentait la même excitation mêlée de peur qu'au château, quand elle l'affrontait sans faillir. En l'occurrence, ce qu'elle voulait, ce n'était pas Apollo.

— Si je connais celui qui t'aura vue nue, je ne sais pas ce que je lui ferai.

Sur ce, il avança jusqu'au comptoir, la laissant pétrifiée près de la porte d'entrée. Une fois remise, elle le rejoignit.

— Monsieur McKenzie, nous vous attendions. Soyez assurés que vous ne serez pas dérangés par des curieux.

De fait, les rideaux de velours sombres furent rapidement tirés devant la vitrine.

— Merci.

Le voir interagir avec des inconnus dans une tentative de politesse lui arracha un sourire.

— Qui est cette charmante personne ? s'enquit aimablement le vendeur.

— Athéna, se présenta-t-elle.

— Ma femme, précisa sèchement Cameron. Je veux qu'elle porte quelque chose d'époustouflant.

— Quelque chose qui reflète notre amour, intervint Athéna avec un doux sourire.

Lui rendrait-il son sourire ? Cela arrivait si rarement. De fait, il demeura stoïque.

— Voilà, conclut-il platement.

Dieu, qu'il était agaçant ! Et amusant, même si elle doutait que c'était son intention.

Le vendeur tira un petit plateau sur lequel quatre bagues avaient été disposées. Force était de reconnaître qu'il était doué dans ce qu'il faisait. En effet, chacune des quatre bagues qu'il avait sélectionnées était une merveille à sa façon : inutile d'en voir d'autres. Son regard fut particulièrement attiré par un diamant encadré de deux saphirs de la couleur exacte des yeux de Cameron.

— Celui-ci, dit-elle sans l'ombre d'une hésitation.

— Excellent choix, madame. Si vous voulez bien la lui passer au doigt, monsieur.

Cameron sortit l'anneau de sa coque de velours. Le bijou paraissait incroyablement petit entre ses doigts. Il était tellement imposant. C'était sa beauté d'ange qui avait apporté un peu de douceur à son apparence de brute, désormais, il n'y avait plus rien pour adoucir son physique formidable. Athéna aimait cette force brute, primaire, qu'elle n'avait jamais vue chez aucun autre homme.

La gorge sèche, elle le regarda lui passer la bague à l'annulaire. L'intimité de ce geste lui parut aussi intense, aussi authentique que leur échange de vœux. Même si tout cela n'était qu'une mascarade, elle *sentait*, dans chacun de ses nerfs, que c'était réel. Elle *était* sienne.

Bon sang ! Elle aurait mieux fait de vouloir son indépendance, au lieu de fantasmer d'appartenir à un homme, à peine libérée du joug de son père !

Comme elle levait les yeux, leurs regards se croisèrent. Alors, elle sut : le pouvoir qu'il détenait sur elle n'avait rien à voir avec la possession.

— Elle est parfaite, souffla-t-elle.

— Nous la prenons, déclara Cameron.

— Parfait. M. Agassi a dit qu'il se chargeait de la note.

— Il n'en est pas question.

— Oh ! Eh bien, c'est que... M. Agassi n'est pas homme à être défié...

— Vous pensez que je le suis ? rétorqua-t-il à l'homme qui ne lui arrivait qu'aux pectoraux.

— Pardonnez-moi, monsieur. C'est simplement que M. Agassi est un client fidèle et estimé.

Cameron leva les yeux au ciel.

— Je n'en doute pas. Bon, très bien.

Un instant plus tard, ils ressortaient de la boutique et

Athéna peinait encore à réaliser ce qui venait de se passer. Elle portait sa bague. Comme ils s'éloignaient de la boutique, il prit sa main dans la sienne. Elle savoura un instant le contact de sa paume rude.

— Allons par-là. Il y a un petit café qui sert de la bonne nourriture sans chichi. Parfait pour un premier restaurant.

— Pourquoi es-tu tellement énervé ? demanda-t-elle.

— Tu veux dire maintenant ou en général ?

— Commençons par maintenant, on verra pour le reste.

— Je n'ai pas besoin de la charité d'Apollo et il le sait. Il m'agace parce qu'il m'a forcé la main. Pour tout.

— Ce n'est pas vrai. Tu as accepté parce que tu étais prêt. Peut-être qu'Apollo l'a su avant toi et qu'il t'a seulement donné le petit coup de fouet nécessaire. Personne n'aurait pu te forcer à quitter ton château si tu ne le voulais pas. De même que tu n'aurais jamais accepté de danser avec moi ou de m'amener jusqu'ici si tu n'en avais pas eu envie.

— Tu es en train de dire que je sais parfaitement pourquoi je fais tout ça bien que je prétende le contraire ?

— Non, je pense que tu ne le sais pas plus que moi.

— Ce que tu dis n'a aucun sens.

— Je crois que si, au contraire, insista-t-elle en l'arrêtant d'une main sur son torse, stupéfaite de découvrir que son cœur battait follement sous sa paume. Tu voulais quitter ton refuge, tu ne veux pas vraiment rester seul et...

Il agrippa son poignet pour écarter brusquement sa main.

— Cesse de jouer avec moi comme si je n'étais pas dangereux, menaça-t-il.

— Que comptes-tu faire ? Me dévorer toute crue ?

— Athéna..., gronda-t-il.

— Cameron ? répliqua-t-elle d'un ton suave.

— Tu as été captive l'essentiel de ta vie. Tu dois partir pour profiter de ce que le monde a à t'offrir. Inutile pour cela d'embrasser le premier homme qui a croisé ta route.

— Pourquoi as-tu tellement peur de m'embrasser ? Crains-tu de ne pas pouvoir t'arrêter si tu commences ?

— Tu ne me désires pas ! s'emporta-t-il.

— Si, je te désire. Et je t'interdis de me dire ce que je ressens ou ne ressens pas.

— Tu te comportes comme une gamine écervelée, trancha-t-il en l'entraînant à sa suite. Allons manger.

Athéna se retrouva installée sans cérémonie sur la banquette du restaurant. Elle tenta de se concentrer sur le fait qu'elle vivait une expérience entièrement nouvelle, au milieu de gens normaux. Cependant, elle ne pouvait détourner ses pensées de ce qui s'était passé un instant plus tôt. Elle sentait encore les coups sourds de son cœur tout contre sa paume. Et puis, la pénombre du restaurant créait autour d'eux une atmosphère d'intimité troublante. Elle ne cessait de lui jeter des regards fugaces pour voir s'il était autant affecté qu'elle. Hélas, il était de nouveau muré dans son impassibilité. Elle détestait qu'il la maintienne ainsi à distance.

Cameron commanda pour eux un assortiment varié, dont un croque-madame, de la salade de chèvre chaud et des crêpes au miel et au citron. Un panier de petits pains délicieux accompagna le repas qu'ils terminèrent par un café.

Comme elle le remerciait, il répondit :

— Tu es en colère contre moi ou contente ? Il faudrait savoir.

Athéna n'hésita pas à se jeter dans la brèche.

— Les deux à la fois. Je te suis infiniment reconnaissante de me faire vivre cette expérience merveilleuse. Il n'empêche que tu m'agaces prodigieusement.

Il émit un grognement vague, avant de demander :

— Dis-m'en plus sur toi.

— Il y a fort peu à dire. Mon père m'adressait rarement plus de deux mots et je n'avais même pas conscience que c'était bizarre. Ma mère avait constamment besoin de moi comme support émotionnel, sans savoir comment le rendre en retour. On me croit fragile parce que, physiquement, je n'ai jamais souffert, mais personne ne réalise combien j'ai dû me renforcer psychologiquement pour tenir. Je n'ai été à leurs yeux qu'un fragment de leur fille perdue, pas un véritable être humain. Voilà pourquoi je ne peux pas y retourner. Jamais. Comprends-tu pourquoi je me suis sentie aussi vivante ces deux dernières semaines ?

Il s'apprêta à répondre, mais elle le coupa pour achever :

— Je sais que j'étais aussi ta prisonnière, mais crois-moi, ça n'avait rien à voir. Tu ne m'as pas empêchée d'être moi-même. Alors, oui, je te trouve exaspérant, conclut-elle dans un rire, mais je te trouve aussi terriblement attirant. Et j'ai envie de t'aider comme tu m'as aidée. J'ai envie...

— Tu ne peux pas m'aider, la coupa-t-il durement. Tu as vu le morceau de métal dans ma collection de la tour Nord...

Elle hocha la tête, car elle revoyait parfaitement la large pièce métallique tordue qu'il avait mise sous verre.

— Ce morceau était dans ma jambe droite. C'est un miracle que je puisse marcher aujourd'hui. Un miracle que le métal soit passé à quelques millimètres de mon artère.

— Cameron...

— J'ai eu droit à un nombre exceptionnel de miracles, sans avoir jamais rien fait pour en mériter aucun.

— Dans ce cas, ne devrais-tu pas t'évertuer à les rendre ?

— Je ne vois pas comment.

— Eh bien, peut-être que tu es là pour ça. Pour trouver un moyen. Peut-être que tu dois commencer avec Apollo, en donnant une vraie chance à votre amitié. Tu as survécu. Ta vie ne peut pas rester aussi... étriquée.

Ils s'affrontèrent un instant du regard.

— La plupart des gens n'oseraient jamais me dire quoi faire de ma vie comme tu le fais.

— La plupart des gens n'ont pas vécu comme moi.

Athéna s'interrompit, brusquement envahie par la culpabilité. Elle le jugeait sans concession et avec partialité. Après tout, lui aussi s'était senti piégé dans son existence. Cet accident, il l'avait vécu comme un renoncement. Elle n'avait pas le droit de faire comme s'il avait librement choisi de rester isolé du monde. Il n'avait pas renoncé à sa liberté, elle lui avait été brutalement arrachée, en même temps que des lambeaux de son corps.

— Je suis désolée, murmura-t-elle. Je me montre insensible.

Pour toute réponse, il se mit à rire, un rire authentique, et elle se surprit à lui sourire en retour.

— Crois-tu que je me préoccupe que tu aies été injuste à mon égard ? demanda-t-il enfin.

— Je suis la seule amie que tu te sois faite en dix ans...

— Nous ne sommes pas amis, petite déesse.

— Si. Nous parlons tous les jours depuis des semaines. Tu m'as préparé à manger chaque jour, et maintenant, nous partageons un repas au restaurant. Sans compter la magnifique bague que tu m'as achetée.

— C'est Apollo qui s'en est chargé, rectifia-t-il.

— Admettons. Il n'empêche que nous sommes amis.

— Je n'ai pas d'autre ami qu'Apollo, insista-t-il.

— Pourquoi est-ce si important pour toi de l'affirmer ?

— Bon sang ! Tu es un véritable démon, femme !

Elle adorait le provoquer de la sorte. Elle aimait obtenir une réaction de sa part, même si c'était de la colère.

— N'empêche que j'ai raison, reprit-elle. Tu as quitté le château pour pouvoir accomplir quelque chose. Alors, fais-le.

— Et qu'est-ce que je voudrais accomplir, selon toi ?

— Aucune idée, mais tu m'as beaucoup parlé de la tragédie que représentaient le décès d'Irina et l'horreur de ton enfance. Il se trouve que tu as des milliards, peut-être que tu es censé agir grâce à ta fortune. Qu'est-ce qui devrait changer, selon toi ?

— Et toi ? Qu'as-tu envie d'apporter au monde, Athéna ? On se lance dans un concours de philanthropie ?

— Eh bien, je suis sans doute une personne disparue. C'est à ça que je devrais me consacrer. Aider à retrouver ceux que l'on enferme, ceux que l'on cache, pour empêcher que d'autres femmes comme Rose ou moi soient vendues en mariage pour payer les dettes de leur geôlier. Je vais prendre l'argent que tu me donneras et me consacrer à cette cause.

— D'accord, dit-il doucement. Je vais te suivre sur cette

voie : aucun enfant ne devrait avoir à dormir dehors. C'est ce genre d'expérience brutale qui crée des monstres comme moi. Je voudrais éviter que d'autres subissent le même sort.

— Très bien. C'est sans doute pour cela que tu es revenu.

— Hum... Tu es une femme difficile, tu le sais ?

— Disons que je le découvre, admit-elle dans un rire. Et c'est assez excitant, après avoir passé l'essentiel de ma vie à être malléable et docile... sans jamais y croire tout à fait.

Elle sentit son regard intense sur elle. À quoi songeait-il ?

— C'était une journée productive, dit-il enfin. Ton premier restaurant, une mission philanthropique...

— Je crois bien que tu te moques...

— Je ne me moquerai jamais de toi, petite déesse.

— J'en doute. Je crois que tu te moques parce que ma sincérité te met mal à l'aise.

— Tu sais ce qui est inconfortable ? Avoir quarante-cinq centimètres de métal coincés dans la jambe.

— J'imagine, dit-elle avec une grimace.

— Est-ce que tu as aimé ton repas ?

— Beaucoup ! On pourrait aller se promener maintenant ?

Elle lui adressa un sourire qu'il recevrait sans aucun doute comme une déclaration de guerre. Tant mieux, d'ailleurs. Après tout, elle était la déesse de la Guerre, autant qu'il comprenne qu'elle n'abandonnerait pas. Et sa conquête commencerait par une promenade.

— Encore en quête de romance, Athéna ?

— Je n'oserai pas, tu as été très clair sur le sujet, répondit-elle en lui jetant un regard espiègle.

Ils se levèrent pour aller payer au comptoir puis sortirent dans le soir chaud. Des couples avançaient côte à côte sur le trottoir. Eux marchèrent sans se toucher.

Bientôt la nuit tomba tout à fait. Ils n'avaient plus à faire semblant pour les yeux d'un potentiel public. Savaient-ils faire semblant ? Peut-être que toutes ces années hors du monde les en empêchaient. Peut-être qu'ils étaient trop eux-mêmes. Les couples qu'elle avait observés un peu plus tôt semblaient se mêler l'un à l'autre, dans un effort constant d'adaptation à l'autre.

De son côté, elle avait grandi un peu à la manière des fleurs de serre, isolée, protégée des éléments, sans jamais être mise à l'épreuve, ce qui ne l'avait pas empêchée de se renforcer à sa manière. Quant à Cameron, il ressemblait au chardon des Highlands, bien trop sauvage et épineux pour être cueilli. Même si elle parvenait à s'assouplir pour s'enrouler autour de lui à la manière de ces couples, elle ne pourrait éviter toutes ses épines...

— C'est magnifique, murmura-t-elle.

— Oui, dit-il d'une voix dure.

— Ce n'est pas plus confortable, de marcher ainsi dans l'obscurité ?

— Je suppose. Je ne pensais pas revoir Paris.

— Qu'est-ce que tu as aimé dans cette ville, la première fois que tu es venu ?

— J'ai aimé l'indépendance que j'avais. Je n'ai jamais eu à me prostituer, ici.

Il parlait toujours de cette épreuve comme si cela n'avait rien signifié. Pourtant, elle sentait que vendre ainsi son corps avait laissé ses marques dans son âme. Il parlait de sexe en refusant tout romantisme. Pourtant, elle avait bien vu les regards des couples enlacés, pressés de rentrer chez eux pour faire l'amour. C'était sans nul doute une expérience physique, mais elle pressentait aussi une dimension spirituelle dans leur union.

Cameron, en dépit de sa vaste expérience du sexe, niait l'existence du sentiment amoureux. Comme si son corps et son âme étaient deux entités parfaitement distinctes, comme si, quand son corps entrait en action, son âme quittait la pièce.

Cependant, il était seul depuis si longtemps. Seul avec ses pensées. Serait-ce différent pour lui, à présent ? Corps et esprit pourraient-ils se reconnecter ?

— Tu n'aimais pas avoir à...

— Tu peux le dire. Je me prostituais. Je vendais mon corps.

— Tu dis cela comme si tu voulais te dégrader. Je n'aime pas ça.

— Rien de ce que je dis ne peut me dégrader. Je le suis déjà jusqu'au fond de mon âme.

— Pourtant, tu essaies d'en rajouter à chaque fois que tu ouvres la bouche, rétorqua-t-elle. Dis-moi comment ça a commencé. Vraiment.

— Nous nous promenons dans les rues de Paris et tu as envie d'entendre comment je me suis vendu ?

— Ce n'est pas que j'en aie envie. Seulement, le sujet revient encore et encore, et tu l'utilises comme une arme pour me tenir à distance.

— Je ne devrais pas avoir besoin de te tenir à distance. Tu devrais me détester. Je te rappelle que je t'ai gardée prisonnière.

— Oui, avant de m'offrir le monde, répondit-elle d'un ton ironique. Ce que j'essaie de comprendre, c'est pourquoi tu tiens tant à penser que tu es la pire personne au monde.

— Demande à Irina.

— Elle est morte, je ne peux pas, rétorqua-t-elle d'un ton plat. Et avant que tu me répondes que c'est précisément le souci, laisse-moi te rappeler que, toi, tu es vivant. Alors peut-être que tu as mieux à faire que de rester dans ton coin à répéter que tu es au-delà de toute rédemption.

Il l'affronta longuement du regard en silence, avant de lâcher à mi-voix :

— Tu veux vraiment savoir comment ça a commencé ?

Elle hocha la tête.

— Très bien... J'avais dix-sept ans, j'étais déjà aussi grand que maintenant, pas aussi musclé, en revanche, parce que nous ne mangions pas toujours à notre faim, mais je faisais plus vieux que mon âge. Bref, nous avons volé le sac d'une femme et nous nous sommes enfuis. Plus tard, elle s'est présentée devant le conteneur où nous dormions. Elle nous avait suivis. Elle a dit qu'elle n'appellerait pas la police, parce qu'elle était désolée de voir de si jeunes gens forcés d'en arriver là pour survivre. Elle m'a proposé de venir chez elle, m'a servi un repas chaud...

Il s'interrompit un instant. Athéna resta muette, horrifiée par le détachement glacé qu'elle lisait sur son visage, qu'elle entendait dans sa voix.

— J'ai cru... pour la première fois, j'ai cru que quelqu'un se souciait de moi. Et puis... elle m'a demandé de coucher avec elle.

Athéna pressa la main sur sa bouche pour réprimer un hoquet d'horreur.

— Elle était plus âgée, séduisante. Elle a dit qu'elle se sentait seule. C'était aussi mon cas. Je l'avais considérée comme une figure maternelle, qui m'avait pris en pitié même si j'avais volé son sac. Seulement, elle ne me voyait pas comme un fils. Elle m'a proposé de garder le contenu de son sac et encore deux cents dollars en échange de sexe. J'ai dit oui, parce que non seulement elle n'appelait pas la police, mais en plus, elle me payait.

— C'est...

— D'aussi mauvais goût que tu l'imaginais. Voilà. C'est le genre d'homme que je suis.

— Tu n'étais qu'un gamin ! Est-ce que... c'était ta première fois ?

— Oui. Je ne m'intéressais pas au sexe, seulement à ma survie, à l'époque. Si je comprends bien... tu ne me juges pas, parce que tu considères que j'ai agi par désespoir. Pour de la nourriture et de l'argent. Ce n'est vrai qu'en partie. Il y avait une part de moi qui avait envie d'être touchée, pour être proche d'une autre personne.

Il eut un rictus de mépris.

— Ensuite, j'ai appris. À ne plus penser. C'est intenable, sinon. On peut se sentir mieux sur le coup, mais le dégoût qui vient ensuite... ça n'en vaut pas la peine. Alors on se réfugie ailleurs, on regarde son corps faire toutes ces choses de très loin. C'est bien plus facile ainsi.

Elle comprenait à présent que « se réfugier ailleurs » était pour lui une question de survie. Avait-il seulement trouvé le moyen de revenir ? L'avait-il voulu ? Elle avait cru qu'il séparait son corps de son âme quand il le voulait. En vérité, c'était sans doute une réaction plus profonde de son inconscient, sur laquelle il n'avait aucune prise.

— Je suis désolée pour tout le mal que le monde t'a infligé, murmura-t-elle. Et pour la façon dont j'ai parlé de la pauvreté comme d'un meilleur sort que de rester avec ma famille, je ne la connaissais que par les romans, je ne mesurais pas quels tourments tu as dû affronter…

Il ne s'était pas entouré d'épines par complaisance. Il en avait eu cruellement besoin. Restait-il une part de lui qui n'ait pas été abîmée par la dureté du monde ? Si seulement elle pouvait la découvrir…

Soudain, cela lui paraissait essentiel. Une étrange sensation s'imposait à elle : et si la vie l'avait endurcie précisément dans ce but, pour qu'elle combatte les démons qui habitaient l'âme brisée de Cameron ? Peut-être était-elle la déesse d'une guerre intime qui se jouait en lui ?

Auquel cas, elle avait raison d'espérer qu'il ait finalement besoin d'elle, ne serait-ce que pour un temps.

— Imagines-tu le nombre de femmes qui ont essayé de me sauver, Athéna, répondit-il sans ambages. Je leur ai ri au nez, tout en les mettant dans mon lit. Ce sont elles qui ont changé, pas moi.

— Est-ce que tu as laissé une seule d'entre elles aller au-delà de ce que tu leur offrais au lit ?

— Je n'en avais pas besoin. J'ai appris à tirer du plaisir du pouvoir que je détenais. Tu n'imagines pas comme c'est enivrant d'avoir face à soi quelqu'un, rempli de honte, qui vous supplie de le toucher ? Tous, ils s'avilissaient pour m'avoir quelques heures à eux et ils recommençaient encore et encore. Et plus tard, toutes ces belles femmes prêtes à s'offrir et à qui je pouvais me permettre de donner mon corps sans être payé… J'ai pris un plaisir immense à ne rien ressentir d'autre que leurs mains sur ma peau, rien d'autre qu'une satisfaction physique dénuée de toute implication émotionnelle. Tout de suite après, je les oubliais. Je ne me rappelais même plus leurs visages. Tous ces gens riches qui m'avaient utilisé comme un objet de plaisir, je pouvais les utiliser à mon tour et j'adorais cela.

Il parlait si froidement. Pourtant, elle savait qu'il n'y avait rien de froid en lui. Il n'était pas le calculateur enivré de pouvoir qu'il prétendait être. Il l'avait sauvée, sans rien lui demander en retour. Sans rien vouloir en retour.

— Si ce que tu dis est vrai, dit-elle lentement, alors pourquoi ne pas me toucher ? Si cela ne signifie vraiment rien à tes yeux...

— Parce que, la mort d'Irina m'a servi d'avertissement : je refuse d'infliger ma personne à qui que ce soit d'autre.

— Tu n'es pas un châtiment, Cameron.

— Certains penseraient volontiers que si.

Comme son regard revenait sur les couples enlacés, Athéna songea que ce qu'elle partageait avec Cameron était d'une certaine manière plus profond. Certes, ce n'était pas facile, loin de là. Après tout, elle n'avait connu personne d'autre aussi intimement. Rose et elle se connaissaient aussi bien qu'elles le pouvaient, mais aucune d'elle ne se rappelait sa vie avant la forteresse. Par ailleurs, leur amitié était régulièrement entravée par le fait que Rose devait travailler tandis qu'Athéna n'avait pas le droit de l'aider dans ses corvées.

Du fait de sa mémoire lacunaire, elle ne pouvait se connaître autant qu'elle l'aurait voulu, en revanche, elle pouvait le connaître, lui. Du moins, autant qu'il acceptait de partager. Alors peu importe qu'il ne cesse de vouloir la repousser de ses épines, il y avait une rare intimité entre eux. Contrairement à ce qu'il espérait sans doute, ses confidences ne la choquaient pas, ne la repoussaient pas, au contraire, elle se sentait honorée qu'il les partage avec elle.

Elle était la première depuis une décennie à avoir vu son visage, et maintenant, il lui avait révélé une partie de son histoire.

— Quoi qu'il en soit, nous pouvons tous les deux profiter de ces moments. Nous marchons, librement, sans personne pour nous dire quoi faire. Nous pouvons partir ou bien rester pour toujours.

— Petite déesse, tu te racontes des histoires...

— Pas du tout. La vérité, c'est que je n'ai jamais vu autant de choses de toute ma vie qu'aujourd'hui ! Je suis submergée par tout ça. Pas seulement par la ville, mais aussi par ce que tu viens de me dire : jamais je n'avais connu quelqu'un aussi intimement par le passé.

Il s'immobilisa brusquement.

— Tu aurais dû prendre mon récit comme l'avertissement qu'il est, pas comme une nouvelle expérience.

— Peu importe ce que je devrais ou ne devrais pas faire selon toi. Je te l'ai dit, je ne suis pas ta captive, mais ta partenaire dans cette aventure. J'ai passé bien trop de temps à poser comme une jolie poupée dans les décors les plus charmants, sans que personne ne se soucie jamais de mes besoins profonds, alors, oui, parler ainsi avec toi... cela comble quelque chose en moi.

— Tu es une romantique, Athéna. Ce qui prouve, une fois de plus, à quel point nos éducations ont été à l'opposé.

— C'est certain. Ma vie, pour anormale qu'elle ait été, m'a protégée de beaucoup de choses. Tu avais raison, je n'avais pas compris l'importance des ressources matérielles dont j'ai toujours bénéficié. Je comprends mieux à présent.

— Quand as-tu compris que ta vie n'était pas normale ?

— Vers mes dix ans, devant un dessin animé : l'héroïne allait au zoo, on lui offrait un ballon et une glace. J'ai demandé à ma mère d'y aller, moi aussi. Elle a répondu non. J'ai piqué une colère, j'ai hurlé, supplié. Le lendemain, dans la cour, il y avait un lémurien en cage, un assortiment de tous les cônes imaginables et un lot de ballons. Tout ça pour me contenter. Mais ce n'était pas pareil. C'était beaucoup plus que ce que je voulais, cependant, ce n'était pas ce que j'avais demandé. S'ils pouvaient m'offrir un lémurien, pourquoi ne pouvaient-ils pas simplement m'emmener au zoo ? Et puis, la même chose s'est reproduite, encore et encore : je demandais à faire quelque chose hors de la forteresse, on me l'apportait à l'intérieur. C'est pour cela que...

— Dis-moi, pria-t-il. Je t'ai confié toute l'étendue de ma honte, je peux bien en recevoir un peu de la tienne.

— Quand mon père m'a annoncé que j'allais épouser Mattias, j'ai été... impatiente. Je ne le connaissais pas, pourtant, j'étais prête. Prête à partir pour connaître enfin quelque chose de nouveau. J'avais en tête des idées romantiques, c'est vrai, mais je voulais aussi découvrir le sexe. Je fantasmais sur mes gardes. Mais si l'un d'entre eux m'avait touchée, mon père l'aurait tué.

— Pourquoi tu ne t'es pas enfuie ?

— Tu n'as pas entendu la partie sur les gardes ? Bien sûr, les menaces n'étaient jamais dites. Mais c'était limpide : si j'étais partie, ils m'auraient retrouvée. J'ai toujours senti que, si je tentais de fuir, les conséquences seraient désastreuses. Il a fallu que la peur soit plus forte pour que je me décide enfin. Quand j'ai compris qu'aucun de mes rêves ne serait comblé avec Mattias, j'ai su que le risque en valait la peine.

— Et donc, tu fantasmais à propos des gardes ?

Elle lui adressa un sourire en coin.

— Je n'ai pas eu beaucoup de liberté, mais j'avais accès à la bibliothèque. J'étais une adolescente en plein questionnement, et il y avait tous ces hommes bien bâtis autour de moi, alors, évidemment je fantasmais sur eux.

— Et aucun n'a jamais essayé...

— Oh non ! Mon père était bien trop terrifiant !

— Quelle pitié...

— À qui le dis-tu ! J'aurais pu passer le temps agréablement.

Il rit de bon cœur et Athéna le rejoignit à son tour. Au moins, elle l'amusait. Surtout, parler de son enfance semblait avoir allégé la tension.

— C'était toujours ainsi. On me donnait presque tout... sauf ce que je voulais vraiment. La définition exacte d'une cage dorée, je sais.

— Et tu supposes que c'était mieux que ce que j'ai enduré ?

— Sans aucun doute. Parce qu'aujourd'hui, je suis ici, enfin libre. Certes, bien plus innocente que n'importe quelle femme de mon âge, mais aussi protégée de bien des façons, sauvée même. Parce qu'en fin de compte, mariée à Mattias, j'aurais vécu l'horreur. Il en va toujours ainsi, non ? Quand on ne dirige pas sa propre existence, il y aura toujours quelqu'un prêt à vous utiliser, à vous vendre au plus offrant.

— Je me suis vendu moi-même, rappela-t-il.

— Parce que tu as croisé une acheteuse très insistante.

Ils se regardèrent. Dans l'obscurité, elle discernait à peine son visage, ni ses cicatrices ni ses pensées ne se devinaient.

— Nous partons pour Londres demain, dit-il avec une certaine brusquerie. Tu vas aimer.

— J'en suis sûre !

Là, tout de suite, ce qu'elle aurait aimé, c'est se hisser sur la pointe des pieds pour l'embrasser. Le désir qu'elle avait de le toucher lui donnait presque le vertige. Cependant, il ne voulait aucun rapprochement physique. Il prétendait que c'était pour la protéger, elle, toutefois, elle pressentait que son passé traumatique jouait un rôle dans son refus.

Tant de personnes avaient utilisé son corps... Elle n'avait pas le droit de marcher avec lui, de l'écouter, pour ensuite lui demander du sexe, exactement comme cette femme l'avait fait, alors qu'il croyait qu'elle veillait sur lui. Elle n'aurait pas été différente, si, après lui avoir offert un réconfort moral, elle exigeait qu'il la touche.

Lentement, ils reprirent leur marche, et leurs doigts s'effleurèrent. Alors, elle referma la main autour de sa paume rude, tirant du réconfort de sa chaleur.

11

Cameron se réveilla d’humeur massacrante le lendemain matin. Ils devaient dîner avec Apollo le soir même. Et le lendemain, ce serait la soirée de lancement. Seulement, il n’avait aucune patience pour tout ça. Il ne pouvait penser à rien d’autre qu’à la douceur de sa main dans la sienne.

Avec un grognement mécontent, il s’assit et jeta un œil sur la chambre. Il n’y avait pas suffisamment d’espace pour toute la rage qui grondait en lui. Il aurait eu besoin de faire un long galop avec Aslan dans les collines. C’était le seul moyen qu’il avait d’exorciser pour un temps les démons qui le hantaient... et la véritable raison de son éloignement.

Malheureusement, avec Athéna dans la chambre d’à côté, c’était d’une tout autre façon qu’il avait envie d’évacuer sa rage. Non ! Il ne céderait pas à ses pulsions animales !

Il connaissait par cœur la satisfaction offerte par le sexe. C’est pour ça qu’il se débrouillait très bien tout seul. Parce que le sexe ne signifiait rien. Certes, il aimait la douceur d’un corps de femme, son parfum, ses courbes. Il ne niait pas qu’avoir un partenaire pour ses plaisirs sexuels était un ajout agréable, pour autant, il n’en avait pas *besoin*. Il avait lutté pour se débarrasser de cette nécessité !

À dix-sept ans, oui, il ressentait encore cette ridicule pulsion qui l’avait rendu tellement naïf, plein d’attente. Mais il l’avait anéantie. Cela ne l’avait pas rendu meilleur, mais au moins, il avait survécu.

Il ne voulait surtout pas mêler Athéna à sa façon clinique, commerciale, d'aborder le sexe. Et, de toute façon, il était si près du précipice qu'il se montrerait trop brutal pour une innocente comme elle. Ni maintenant ni jamais ! Il devait se tenir à cette limite ferme et définitive !

Il alla donc sous la douche et tourna le robinet sur le froid.

Puis il rejoignit la cuisine et sortit du frigo des œufs, du lait et de la farine et prépara rapidement quelques crêpes. Il finissait tout juste de lancer un café bien noir quand Athéna fit son apparition.

Il serra les mâchoires. Elle ne portait… pour ainsi dire, rien du tout, une nuisette de soie qui révélait ses interminables jambes et ne cachait pas grand-chose du reste. Elle était infiniment plus appétissante que le petit déjeuner qui l'attendait sur la table.

— Bonjour, maugréa-t-il.

— Bonjour, répondit-elle avec l'ombre d'un sourire qui lui parut presque timide. Je ne t'ai jamais vu en action dans la cuisine. J'espérais souvent te surprendre au château, en vain.

— Pourquoi cet air timide, ce matin ?

Elle détourna le regard, les joues rosies.

— Je risque de te mettre mal à l'aise en te disant la vérité.

Il ne put s'empêcher de rire à l'idée que cette petite créature puisse l'embarrasser. Mais elle parut outragée.

— Figure-toi que j'ai une vie fantasmatique intense, Cameron. Je dois bien me débrouiller toute seule pour soulager mes élans.

Il sentit sa gorge se serrer et son sexe durcir aussitôt.

— Tu es un démon.

— C'est toi qui m'y contrains.

— Seigneur ! Je n'ose imaginer les soucis que tu aurais causés si tu n'avais pas été enfermée toutes ces années !

Cameron serra les mâchoires pour repousser la vision d'Athéna fantasmant à propos de lui entre ses draps. Elle se montrait délibérément provocante, alors qu'il lui avait opposé un refus très clair, exactement comme lorsqu'elle s'était rendue dans la tour Nord, malgré son interdiction. Elle le testait depuis l'instant où elle avait mis les pieds au château.

Il en était parfaitement conscient ! Alors pourquoi lui avait-il tenu la main, la veille ? Ce n'était pas un geste sexuel, mais il n'aurait pas dû se le permettre. Malheureusement, il aimait bien trop le contact de sa peau.

Quelle ironie après ses grandes déclarations sur le fait qu'il ne la toucherait jamais. De toute façon, c'était une promesse intenable alors qu'ils devaient faire leurs débuts en tant que couple. Cela dit, il n'y avait aucun auditoire à convaincre la veille...

— Ça a l'air délicieux, dit-elle en s'avançant.

Cependant, ses yeux n'étaient pas posés sur la table du petit déjeuner. Bon sang ! À quoi jouait-elle ? Il ne pouvait nier qu'il existait entre eux une alchimie, un magnétisme presque animal.

Ce n'était sans doute que l'expression d'un désir basique typiquement humain. Après tout, elle avait été cloîtrée toute sa vie et tenue à distance de toute sexualité partagée.

Il lui servit des crêpes, ajouta de la crème fouettée et des fraises, avant de la regarder savourer la première bouchée avec un petit gémissement d'approbation infiniment sensuel. Quand elle rouvrit les paupières qu'elle avait un instant fermées pour savourer, elle murmura :

— Merci de partager ça avec moi.

Il entendit parfaitement ce qu'elle ne disait pas tout haut : à ses yeux, manger ce qu'il avait préparé était un partage intime entre eux. Malheureusement, elle avait entièrement raison, parce qu'il pouvait sentir le plaisir qu'elle y prenait. Oui, il lui donnait quelque chose qui provoquait son plaisir, et cela l'affectait en retour. Sa seule présence ramenait son corps à une vie qu'il croyait finie pour lui. Or, gérer une excitation physique naturelle était une chose, contrôler son désir pour une femme magnifique qui le provoquait en permanence en était une autre.

C'était une expérience sans précédent. Avant l'accident, il n'avait jamais désiré personne avec une telle force.

— Le vol pour Londres est très court.

— J'imagine, oui, étant donné la distance géographique.

— Arrête de faire la maligne. J'informais la femme qui n'a jamais quitté la forteresse de son père. D'aucuns considéreraient que j'apporte mon aide, là.

— Et moi je crois que tu parlais surtout pour pouvoir ignorer la tension que tu sens entre nous.

Son excitation monta d'un cran. Elle était impossible !

— Très bien, prenons-la en compte dans ce cas, répliqua-t-il durement. Je pourrais t'emmener dans la chambre. Même si cela fait des années, je n'ai pas perdu la main. Je sais que tu aimeras. Je pourrais t'embrasser, découvrir tes seins superbes et jouer avec leurs pointes de la langue...

Voir ses lèvres s'entrouvrir sur son souffle heurté le mit au comble du désir. C'est là qu'il comprit son erreur. Il avait voulu l'effrayer, au lieu de quoi, il l'avait excitée.

— Et ensuite ? demanda-t-elle dans un souffle.

Cameron serra le poing. Elle continuait de repousser les limites et il en avait assez de la protéger malgré elle. Il était temps qu'elle comprenne qui avait le pouvoir. Il lui montrerait qu'il pouvait la faire vibrer sans poser un doigt sur elle, parce que le sexe n'était qu'une histoire d'alchimie dont il connaissait la liste des ingrédients sur le bout des doigts.

— Ensuite, je poserais une main entre tes jambes pour voir si tu es prête pour moi.

La curiosité brûlante qui brillait dans son regard était le meilleur des aphrodisiaques. Il sentit son membre durcir encore, à mesure que les images qu'il évoquait s'imposaient à son esprit.

— Alors je ferai glisser un doigt en toi, puis deux, sans cesser de caresser ton clitoris, pour te donner un avant-goût du plaisir à venir.

Il crispa les doigts sur le comptoir et plongea le regard dans ses yeux chavirés.

— Je tracerai des lèvres un chemin le long de ton ventre, jusqu'entre tes jambes pour goûter enfin ta saveur. Je sais déjà que ce sera mille fois meilleur que cette crème fouettée. Alors je te savourerai de la langue jusqu'à ce que tu me supplies d'arrêter tant le plaisir te rendra folle, jusqu'à ce que tu gémisses mon nom, encore et encore.

Il la voyait cambrer les hanches sur sa chaise, il voyait les pointes de ses seins tendues sous la soie de sa nuisette et ce spectacle manqua lui faire perdre la raison. Non, il ne devait pas oublier le but de ce petit exercice !

— Alors, enfin, j'entrerai en toi. Tu auras peut-être un peu mal, mais je te prendrai plus fort et tu oublieras tout.

Athéna laissa échapper un soupir tremblant. Il savait qu'elle était au bord de la jouissance.

— Caresse-toi, ordonna-t-il.

Elle obéit aussitôt, pressant sa paume avec assurance entre ses cuisses, par-dessus le tissu délicat. Il l'obligea à soutenir son regard jusqu'au tout dernier instant, jusqu'à ce que l'extase ait raison d'elle, lui arrachant un gémissement.

— Voilà ce que je ferais, lâcha-t-il en se levant.

— Alors, faisons-le, le pria-t-elle d'une voix languide.

— Je n'ai fait ça que pour te montrer que tu joues avec le feu ! Je peux te faire jouir sans te toucher, alors que je ne ressens rien en retour. Sois heureuse que je te refuse ce que tu demandes, petite idiote.

Sur ce, il quitta la pièce, feignant une indifférence qu'il était très, très loin de ressentir.

12

Athéna sentit la honte la ronger durant tout le voyage. Cela l'empêcha presque de profiter de la vue des monuments londoniens au loin : Big Ben, Westminster Abbey, le palais de Buckingham. Heureusement, il n'avait pas entièrement détruit sa capacité d'émerveillement malgré la honte.

Cependant, elle peinait toujours à croire ce qu'elle avait fait. Comment avait-elle pu se laisser exciter au point de répondre sans aucune... C'était sans doute son but. Lui donner une leçon en lui prouvant qu'elle était bien plus naïve qu'elle ne le croyait. De fait, il avait utilisé son expérience contre elle. Mais elle était trop forte pour le laisser gagner.

Il pouvait dire ce qu'il voulait, elle était certaine que lui aussi avait ressenti du désir, malgré lui. Elle devait s'accrocher à cette conviction, sans quoi il détenait entièrement le contrôle de leur relation. Ce qui n'aurait pas dû l'étonner, en vérité. Après tout, elle ne connaissait rien aux hommes, rien à la vie...

Non ! C'était faux. Elle savait ce qu'elle voulait, elle savait que cet homme éveillait en elle une force vitale. Elle lui avait parlé des gardes de la forteresse parce qu'elle aimait le déstabiliser, mais aucun de ces hommes n'aurait pu la conduire à l'orgasme, seulement par la parole.

Seigneur, elle s'était caressée devant lui ! Sa propre audace l'effrayait ; pourtant, jamais elle n'avait été aussi aventureuse. D'une certaine façon, elle était fière d'elle. Fière parce que ce qui s'était passé dans cette cuisine n'aurait pu se passer entre deux autres personnes : elle n'était pas un objet de remplacement. C'était à elle qu'il résistait ainsi, c'était donc elle seule qui l'amenait au bord du précipice.

Le penthouse londonien était tout aussi luxueux que celui de Paris et elle aurait sans doute dû s'imprégner de la vue, mais elle ne pouvait s'intéresser qu'à lui.

Et puis, elle était un peu nerveuse à la perspective de rencontrer Apollo, le seul ami de Cameron. Mis à part elle... Hors de question de laisser cet entêté nier le lien qui existait entre eux. Ils étaient amis, des amis qui avaient vécu une expérience intensément sensuelle le matin même... Il était le seul qui refusait de l'accepter et, même si elle savait que cette résistance était une conséquence de son vécu traumatique, cela ne rendait pas les choses plus faciles pour elle.

Après tout, elle n'avait rien demandé. Athéna ne désirait que sa liberté et voilà qu'elle se retrouvait aux prises avec l'homme potentiellement le plus brisé de la planète. Au moins, il n'était pas mauvais, elle en était sûre.

Pour cesser de penser à lui, elle s'activa aux préparatifs du dîner à venir. Elle passa une robe bleu nuit, plus longue que la rouge, mais tout aussi provocante. Elle apprécia encore plus sa tenue sous le regard appréciateur de Cameron.

— J'ai envisagé de mettre un sac de jute puisque tu te moques de ce dont j'ai l'air, mais je voulais faire bonne impression sur ton ami.

— Tant mieux, gronda-t-il, visiblement tendu.

— Tu es nerveux à l'idée de le revoir ?

— Je ne suis pas quelqu'un de nerveux, répliqua-t-il sèchement en la considérant de son regard intense.

— Menteur, dit-elle en riant. Bien sûr que tu l'es. Tu es resté caché dans ce château pendant dix ans ! Quoi que tu en dises, tout ça est nouveau pour toi aussi.

— Absolument pas. L'humanité n'a plus de secret pour moi, *lass*. Les gens sont égoïstes, avides, dépravés et ils n'auront pas changé en dix ans. Ils sont aussi vains et superficiels. Je ne pourrai plus jouer sur leur vanité, en revanche, l'inconfort que je créerai me sera utile. On ne peut pas gagner sur tous les tableaux...

Athéna tenta de percer à jour ses véritables pensées, seulement, elle cessait de réfléchir correctement dès qu'elle se trouvait à proximité de lui.

— Ton ami n'est pas comme ça. Il sera seul, ce soir ?

— Oui, il a pensé que ce serait mieux.

— Je suis d'accord. Il te connaît bien...

Athéna retint un sourire en l'entendant grommeler.

— Tu n'aimes pas ça, je parie. Tu n'aimes pas te voir rappeler que tu n'es pas seul au monde, que tu as des amis.

— Tu n'es pas mon amie.

— Si. Avec qui d'autre as-tu passé autant de temps à discuter ?

— Des sujets dont nous avons parlé ? Personne...

Sa voix s'était chargée de sous-entendus. Par réflexe, il utilisait le sexe comme une arme. Il tenait à garder le contrôle. Parce qu'il avait peur. Voilà pourquoi il l'avait menée à la jouissance sans jamais la toucher, sans prendre du plaisir lui aussi.

Il n'aimait pas qu'elle le défie, qu'elle teste les limites de ce contrôle. Il préférait se croire immunisé à tout. De son côté, elle apprenait à se lier à une autre personne. Certes, leur relation était fondée sur une proximité forcée, comme avec Rose, néanmoins, elle était différente. Ni l'un ni l'autre n'avaient été contraints d'aller vers l'autre. Ils étaient un moyen pour chacun de parvenir à leur but, et pourtant, en dépit de la situation, ils avaient appris à se connaître intimement. Ça ne comptait pas pour rien, c'était tangible, réel, précieux.

En voiture, ils rejoignirent un vaste manoir juste à l'extérieur de la ville.

— C'est ici qu'il vit ?

— Parfois. Apollo va où il veut.

— Cet endroit est magnifique, lâcha-t-elle, subjuguée.

— Il va prendre la grosse tête, si tu lui montres autant d'admiration.

— Je n'aurai pas à me forcer pour lui faire plaisir : je suis sincèrement impressionnée.

Il n'était guère difficile de deviner que cela ne le mettait pas franchement de bonne humeur. Athéna sentit un petit frisson de contentement la traverser : elle avait éveillé sa jalousie, et c'était une victoire appréciable.

Ils avancèrent jusqu'à la porte d'entrée qui s'ouvrit cérémonieusement devant eux. Elle s'accrocha au bras de Cameron, tandis qu'on les conduisait vers un salon aussi impressionnant que le reste, la pièce maîtresse en était un énorme chandelier à la feuille d'or incroyablement restauré.

Elle n'eut pas le temps d'exprimer son admiration, car un homme grand et rasé de près fit son entrée. Il était sans conteste très beau avec sa peau dorée et ses yeux presque noirs. Aussi beau soit-il, elle ne ressentit aucune attraction pour cette beauté facile, à l'opposé de celle de Cameron qui se dérobait au regard. Une beauté sombre, complexe qui la fascinait et l'attirait.

Qu'est-ce que ce besoin de complexité, ce refus de la simplicité, disait d'elle ? Peut-être qu'elle était prédestinée à combattre. Déesse de la Guerre...

C'est devant le visage parfait d'Apollo qu'elle comprit pleinement qu'elle ne recherchait pas la facilité. Elle ne voulait pas se plier docilement face à son adversaire, pas plus qu'elle ne voulait qu'il capitule sans lutter.

— Vous devez être Athéna, la salua-t-il en grec avec un large sourire. Quel plaisir de rencontrer une concitoyenne.

— Je ne sais pas si je suis grecque, quoique je le parle, répondit-elle honnêtement.

— Votre prénom est sans conteste grec et, à vous entendre, je dirais que vous parlez le grec depuis toujours.

— Je..., commença-t-elle, interdite.

Il avait raison, elle portait un prénom grec, alors que ses parents étaient russes. Elle avait supposé qu'elle avait appris la langue, sans s'en rappeler, comme l'anglais...

— Dommage pour vous deux, je parle aussi le grec, à cause de toi, intervint Cameron.

— L'une de mes nombreuses fautes, j'imagine... Je suis content de te voir.

— Vraiment ?

— Oui, confirma Apollo d'une voix dans laquelle elle crut percevoir une vive émotion, malgré son air impassible.

— Vous êtes ridicules, tous les deux, s'exclama-t-elle. Il est évident que vous vous êtes manqués et que vous vous aimez, autant le montrer !

— Il est en tout cas certain que nous avons eu besoin l'un de l'autre pendant de nombreuses années, tempéra Apollo.

— Tu m'as effectivement manqué, lâcha Cameron de ce ton plat qu'il utilisait quand il luttait pour réprimer ses émotions.

Athéna leva les yeux au ciel.

— Est-ce si compliqué d'admettre que vous n'avez pas aimé votre séparation ?

— Je ne l'ai pas détestée, dit Apollo avec un sourire. Cameron parti, j'ai eu beaucoup moins de compétition en matière de femmes.

— Et ça a suffi à votre bonheur ?

— Tout à fait, prétendit-il.

Mais la lueur sombre qu'elle lut dans son regard démentait sa prétendue superficialité.

— Et toi ? lança-t-elle à Cameron. Comptes-tu exprimer un tant soit peu tes émotions ?

— Je n'y tiens pas, non.

— Puisque nous n'aurons pas les retrouvailles émotionnelles que j'espérais, j'imagine que nous pouvons passer directement au dîner, dit-elle avec un soupir exaspéré.

— Les retrouvailles émotionnelles vous intéressent ? s'enquit Apollo.

— Les émotions de Cameron m'intéressent, rectifia-t-elle.

Elle sentit le regard de ce dernier sur elle. Il ne comprenait sans doute pas qu'elle puisse admettre une telle chose. Mais pourquoi en aurait-elle eu honte ? Elle le désirait, et elle en était heureuse, au contraire.

— Vraiment ? s'étonna Apollo. J'avoue que j'ai du mal à comprendre comment Cam vous a persuadée de passer pour sa femme.

— Je ne passe pas pour sa femme. Je *suis* sa femme.

Apollo laissa son regard glisser de l'un à l'autre.

— De plus en plus intéressant...

— Cameron est d'une grande noblesse, en vérité, ajouta-t-elle avec un grand sourire à son adresse. Il m'a sauvée et je lui dois beaucoup.

— Je ne t'ai pas sauvée, j'ai fait de toi ma prisonnière, gronda-t-il.

— Nous savons tous les deux que ce n'est pas tout à fait vrai.

— Je vois que ta retraite t'a adouci, commenta Apollo, non sans ironie.

— Je ne suis pas adouci.

— Tu n'en as pas l'air en tout cas.

— C'est sûr, asséna Cameron avec un sourire inquiétant.

— Et si nous dînions tranquillement ? lança-t-elle d'un ton ferme en s'asseyant près de lui.

— Ta femme est intéressante, commenta Apollo.

— Elle est irritante.

L'échange était si spontané qu'Athéna découvrit qu'elle appréciait déjà beaucoup la soirée.

— Tu m'as l'air bien plus prêt pour demain soir que je ne l'imaginais. Athéna a accompli ce miracle, c'est-à-dire bien plus que je n'ai réussi à faire en dix ans de conversations, alors, je lui voue toute mon admiration.

Elle accepta le compliment avec un sourire jovial.

— Merci, c'est agréable de se l'entendre dire. Voyez-vous, Cameron m'apprécie, malheureusement, il refuse de l'admettre.

Cette remarque lui valut un autre regard noir qui la mit en joie. Son embarras avait complètement disparu. En effet, elle avait compris devant la réserve dont il faisait preuve vis-à-vis d'Apollo qu'il résistait à ses émotions et que cela n'avait visiblement rien à voir avec elle et son désir pour elle.

Cameron était prisonnier de ses sentiments et elle n'avait aucune raison de le prendre personnellement. Surtout, elle n'avait absolument pas besoin d'être elle aussi prisonnière des siens.

Tout à coup, elle entendit des pas. Une jeune fille apparut dans l'encadrement de la porte. Elle lui sourit, et ses yeux lumineux brillèrent chaleureusement.

— Tu ne m'avais pas prévenue que nous avions des invités, Apollo.

— Tu n'étais pas censée étudier ?

— C'est ce que je faisais. Mais j'ai eu faim. Ce n'est pas gentil de ne m'avoir rien dit.

Athéna allait de l'un à l'autre. Quelle relation y avait-il entre l'ami de Cameron et cette très jeune femme ? Comme si elle avait perçu son interrogation, celle-ci s'avança sans hésiter :

— Je suis Hannah. Apollo est mon tuteur. Je ne vis pas ici d'habitude. Je suis là pour les vacances.

— Oh ! bonsoir, la salua Athéna.

— Hannah a justement un examen à préparer avant de profiter enfin de ses vacances, intervint Apollo.

La jeune fille rougit brusquement :

— C'est vrai. Je ne peux pas rester pour le dîner mais...

— Tu peux rester, fit Apollo dans un soupir.

Aussitôt, Hannah s'assit à côté de lui, l'air ravi. Athéna était elle aussi contente de cette compagnie féminine, même si la nouvelle venue avait quelques années de moins qu'elle. Néanmoins, elle fréquentait apparemment l'université, ce qui signifiait qu'elle connaissait bien plus le monde qu'elle...

Après le dîner, qui se révéla des plus agréables, les deux hommes prirent congé pour discuter de leurs affaires et Athéna se retrouva seule avec Hannah, qui lança à brûle-pourpoint :

— Il est terrifiant.

— Absolument pas, dit-elle en se raidissant, prête à voler au secours de Cameron.

— Pardon, je ne voulais pas dire à cause de… C'est seulement qu'il y a quelque chose chez lui, exactement comme chez Apollo, qui les rend terriblement intimidants. J'avais peur d'Apollo avant de le connaître. Il a été très bon pour moi après la mort de mes parents.

— Oh ! je suis désolée pour vous !

— Ça va, répondit Hannah avec un faible sourire. Enfin, non, pas vraiment, seulement, ils n'étaient pas très présents. J'étais en pension toute l'année et, même quand je revenais, ils étaient souvent partis pour une aventure ou une autre. Quand j'ai eu seize ans, ils sont morts dans un accident de canyoning. Le choc a été… ça a été terrible. Enfin, bref, Apollo était un ami de mon père qui l'avait désigné tuteur de ma fortune et de ma personne jusqu'à mes vingt-cinq ans.

— Et quel âge avez-vous ?

— Dix-neuf ans, déclara-t-elle avec le naturel désarmant de la jeunesse.

— Et votre tuteur vous laisse-t-il un peu de liberté ?

— Oh oui. Je lui suis vraiment reconnaissante de ce qu'il a fait pour moi.

Athéna nota toutefois que sa voix était comme… désincarnée en disant ces mots.

— Et vous et Cameron ? Vous êtes mariés ?

Elle hocha la tête sans donner plus de précisions, vaguement gênée de leur ruse.

— Ce doit être intimidant de devoir affronter toute l'attention dont vous allez être l'objet.

Il y avait dans la voix de Hannah une mélancolie qui provoqua sa compassion. Malgré quelques années de plus, était-elle différente de cette fille qui désirait un homme visiblement inaccessible ?

Même si Cameron la désirait, leur mariage n'était qu'un subterfuge. Elle devrait aller de l'avant quand tout serait fini.

Elle avait peut-être une famille quelque part. En Grèce, qui sait ?

McKenzie n'était qu'un nom temporaire qu'il lui prêtait. Ce n'était pas le sien, et très bientôt il lui faudrait se mettre en quête de son véritable nom.

13

— Toutes ces années, tu t'es débrouillé pour me cacher que tu avais une pupille.

— Ça ne te concernait pas. Et ne me juge pas. Athéna est clairement sous ta coupe, tu sais très bien ce que je veux dire.

— Je ne l'ai pas touchée, lâcha-t-il entre ses mâchoires serrées.

— Mais tu en crèves d'envie.

— Elle est belle. Quel homme ne voudrait pas ?

Apollo se servit un fond de scotch.

— D'où te vient ce soudain besoin de prétendre que tu es un homme d'honneur ?

— Je te retourne la question.

Jusque-là, il n'avait eu que des soupçons, mais quand son ami détourna les yeux, il eut sa confirmation : Apollo était attiré par sa protégée, une jeune femme plus jeune que lui et qu'il était censé protéger.

— Touché, répliqua Apollo d'un ton sec. Je n'ai pas fait grand-chose d'honorable dans ma vie, mais veiller sur Hannah est l'une d'elles. Je le dois à son père. C'était un ami.

— Un ami dont je n'ai jamais entendu parler.

— Tu as disparu pendant une décennie, évite de t'étonner du fait que je me sois fait d'autres amis. Quoi qu'il en soit, c'est mon rôle de prendre soin d'elle et je le fais.

Cameron comprenait parfaitement en quoi ce devoir l'empêchait de poser les mains sur sa pupille. Il avait exactement les mêmes raisons de se retenir avec Athéna. Apollo et lui étaient des hommes abîmés, ils n'avaient, ni l'un ni l'autre, le droit de gâcher l'innocence de jeunes femmes.

Ils avaient cautérisé les blessures de leurs âmes voilà bien longtemps et cela les avait liés pour toujours, même si, comme Athéna l'avait dit, leur relation manquait de maturité émotionnelle. Comment, alors, auraient-ils été capables de se lier à quelqu'un d'autre ?

— Tu as vraiment l'intention de la laisser partir quand tout ça sera terminé ?

— Oui, je lui ai promis sa liberté, et ma protection.

— Que sais-tu de son passé ?

— Seulement qu'elle a été adoptée par un criminel russe.

— Étrange... J'ai rencontré un certain Castor Xenakis qui a récemment retrouvé sa sœur. Elle est mariée depuis un an, mais auparavant elle travaillait comme bonne pour un type russe peu recommandable, il me semble.

Cameron sentit un frisson remonter le long de sa colonne vertébrale.

— Athéna avait une amie de son âge là-bas, qui était employée comme servante.

Apollo leva un sourcil entendu.

— Intéressant... Je l'ai entendue parler grec, et à mon avis, c'est sa langue maternelle, elle le parle trop bien.

— Où est ce Castor Xenakis en ce moment et comment je peux le contacter ?

— Il arrive demain. Tu le rencontreras avec Athéna.

— Non, je ne veux pas l'exposer au moindre danger.

— Le danger ne viendra pas de Castor. Il est en mission pour détruire cet homme qui a réduit sa sœur en esclavage. Si Athéna est liée à cette histoire, il fera tout pour la protéger. Et puis, il pourrait avoir une piste à propos de sa famille.

Cameron hocha lentement la tête. Si la servante avait une famille qui l'avait attendue, pourquoi pas Athéna ?

— Demain, tu pourras poser tes questions à Castor.

14

Pour la soirée de lancement, Athéna décida de porter une robe dorée, une merveille qui ressemblait à une armure avec ses feuilles de métal artistiquement encastrées dans un bustier ajusté. La jupe, au contraire, était taillée dans un tissu brillant qui prenait l'apparence de l'or liquide quand elle se déplaçait. Elle releva ses cheveux en hauteur et appliqua de l'eye-liner noir, pour approfondir son regard.

Prends courage. Garde espoir, se répéta-t-elle en attachant le collier de Cameron à son cou.

Elle revit en pensée le moment où il lui était apparu dans son costume, la première fois, et un sourire lui monta aux lèvres. Elle n'avait pas de raison d'être nerveuse, il serait là.

Mais quand elle rejoignit le salon, elle ne le trouva pas.

— Cameron ? appela-t-elle. Cameron !

Comme il n'apparaissait pas, elle marcha droit vers sa chambre et l'ouvrit sans frapper. Il était seulement vêtu d'un pantalon de costume noir, le torse nu.

En l'entendant, il se redressa brusquement, ses longs cheveux libres sur ses épaules, son regard bleu plus intense que jamais. Athéna sentit sa bouche s'assécher. Les brûlures n'avaient pas épargné son corps, mais ses muscles étaient incroyablement dessinés et l'entrelacs des cicatrices ne les mettait que mieux en valeur. Il était splendide. Impressionnant comme pouvait l'être une muraille, ou une chaîne de montagnes. Un monument de puissance glorieuse.

Un brasier s'alluma au creux de ses reins et elle retint de justesse le murmure d'approbation qui montait à ses lèvres.

— Quoi ? gronda-t-il.

— Nous devons y aller, dit-elle en faisant un pas vers lui.

Comme en miroir, il recula. Il ressemblait à un prédateur à l'état sauvage, conscient qu'il n'y avait que deux options : la fuite ou l'attaque.

— Je termine de me préparer.

Sa veste et sa chemise étaient posées sur le dossier d'un fauteuil. Un autre siège avait été renversé. De toute évidence, il maîtrisait mal ses nerfs.

— Tu refuses d'admettre que c'est difficile ?

— C'est… J'ai fait ce genre de choses des centaines de fois. Avant l'accident. Avant de ressembler à… Beaucoup de ceux qui assisteront à l'événement m'ont connu avant. Et je… leur pitié m'est insupportable. Je ne peux pas la tolérer.

— Pourquoi cela ?

— Parce que je suis un être humain, pas un objet cassé !

— Mais tu as bien dû éprouver de la pitié toi-même, avant de décider que tu la haïssais tellement ?

Il eut un rire dur, terriblement cynique.

— Touché.

— Pourquoi est-ce si dur à supporter à tes yeux ?

— Quand les autres ont pitié, ils prennent l'avantage. Si on se laisse prendre en pitié, on finit par en éprouver envers soi-même. Je n'ai pas besoin de m'apitoyer sur mon sort !

— Tu en as peur. Parce que cette femme…

— Assez ! Tu ne me connais pas, Athéna ! Personne ne me connaît !

— Si, je te connais, Cameron. Tu peux prétendre le contraire, te mettre en colère, me repousser… Tu ne changeras rien au fait que je te connais. Cette femme t'a profondément humilié. Tu voulais de l'affection et elle a retourné ce besoin contre toi. Ta réaction est logique, rationnelle. Il n'y a rien qui cloche chez toi à vouloir éviter de ressentir de nouveau une telle humiliation.

Seulement, tu as le contrôle, désormais. Tu n'es plus le jeune garçon d'autrefois. Tu as Apollo. Tu m'as moi.

— Je n'ai besoin de personne, lâcha-t-il, menaçant.

— En quoi serait-ce si mal d'avoir besoin de quelqu'un ? D'avoir des gens qui tiennent à toi ?

— Parce que c'est vain ! Les gens choisissent toujours leur propre plaisir. Rien ne dure ! Si je compte sur vous, qu'est-ce qu'il me restera ? Rien du tout !

Sa voix s'était brisée sur ce dernier mot. Il restait immobile, les yeux rivés sur la chemise immaculée posée sur le dossier et Athéna sentit son cœur se fendre de douleur et de chagrin pour lui.

Elle marcha jusqu'au fauteuil et prit la chemise avant de le rejoindre. Il ne bougeait toujours pas, alors elle passa lentement une manche sur son bras. Le contact de ses doigts sur sa peau chaude était infiniment érotique, même si elle n'en avait pas eu l'intention. Seulement, elle ne pouvait rien contre l'intimité qui crépitait dès qu'ils se touchaient.

— Qu'est-ce que tu fabriques ?

La colère était de retour dans sa voix, ce qui prouvait qu'il était affecté.

— Je t'aide à t'habiller.

— Je ne suis ni un enfant ni un invalide, s'agaça-t-il, sans pour autant l'empêcher de lui passer l'autre manche.

Elle remit le col en place et leva les yeux vers les siens. Il était si proche qu'elle pouvait de nouveau sentir l'odeur enivrante de sa peau. Lentement, elle attacha les boutons, un sourire aux lèvres.

— Quoi ?

— J'ai beaucoup pensé à tes boutons de chemise, ces derniers jours, mais je n'avais pas imaginé les fermer…

Il referma les doigts sur les siens, les mâchoires rigides.

— Tu joues un jeu dangereux.

— Tu me le répètes sans cesse. Pourtant, je n'en ai pas encore subi les conséquences.

Elle laissa les deux derniers boutons ouverts et prit sa veste pour l'aider à l'enfiler.

— Tu n'as pas besoin de cravate, décida-t-elle. Ni d'attacher tes cheveux. Je sais que tu penses qu'il te faut prétendre être celui que tu étais avant, mais tu n'es plus cet homme. Tu en es un autre, tout aussi digne. Regarde.

Elle s'écarta pour qu'il voie son reflet, mais Cameron garda les yeux obstinément baissés.

— Regarde-toi, répéta-t-elle.

Il leva lentement la tête, et elle sut à quel moment exact ses yeux rencontrèrent son reflet. Alors, elle s'approcha de lui et retira son collier.

— Tu es fort, Cameron McKenzie, tu n'as pas besoin d'être le même qu'autrefois, tout comme je ne suis plus la même Athéna qui a été enlevée à ma famille. Je suis celle que je décide d'être. Ta déesse de la Guerre. Et je te remercie de m'avoir permis d'être cette femme.

Elle se tourna face à lui et posa les mains sur son torse, là où son pouls battait vite. Elle prit sa main crispée et l'ouvrit, paume vers le haut, pour y glisser le collier. Cameron plongea son regard dans le sien et elle ressentit cela comme une caresse, pas seulement un contact sensuel, non, quelque chose de bien plus profond, de bien plus fort. Faire l'amour avec quelqu'un devait ressembler à ça.

Cameron avait connu le sexe purement physique, dénué de toute connexion mentale et émotionnelle. En revanche, il n'avait jamais eu personne pour rassembler les morceaux épars de son âme, pour le toucher sans vouloir profiter de lui, pour l'écouter et le comprendre. Il referma le poing sur le collier et le glissa dans sa poche. Puis il prit sa main et la serra fermement.

— Tu es forte, confirma-t-il. Ne laisse personne te faire croire le contraire.

— Toi aussi, tu l'es.

Il garda sa main dans la sienne et se dirigea vers la porte.

— Allons-y. J'ai un lancement de produit qui m'attend.

Cameron ne s'expliquait pas ce qui s'était passé dans cette chambre. Il ne comprenait pas la faiblesse brutale qui s'était emparée de lui, l'empêchant de faire le moindre geste. Encore plus mystérieux : comment avait-il pu laisser Athéna s'occuper ainsi de lui ? Étrangement, quand elle lui avait mis cette chemise, il avait eu la sensation qu'elle plaçait les différentes pièces de son armure sur lui, comme s'ils se préparaient ensemble à la bataille à venir.

À présent, ils se tenaient devant le bâtiment brillamment éclairé et décoré de bannières publicitaires qui annonçaient le produit le plus innovant de toute l'histoire de l'entreprise. Un produit qu'il connaissait par cœur, dont il pouvait expliquer l'utilité et le fonctionnement les yeux fermés. Pourtant… était-ce de la peur qu'il ressentait en cet instant ?

La peur avait longtemps été une compagne de chaque instant dans son existence, et dès qu'il l'avait pu, il s'était promis de la bannir à jamais. Sans succès, apparemment.

Quand il avait cru mourir dans l'accident, elle était revenue. Quand il avait vu la vie quitter les yeux d'Irina, elle avait failli le submerger. Peut-être qu'elle ne l'avait finalement jamais quitté.

Cependant, avec Athéna à ses côtés, il se sentait plus fort. La voir s'épanouir et s'affirmer lui avait fait du bien à lui aussi. D'ailleurs, la première raison pour laquelle il l'avait voulue à ses côtés – afin de satisfaire l'opinion publique – n'avait plus de sens aujourd'hui. Il la voulait près de lui parce que… il avait envie d'affronter cette épreuve, de montrer au monde ce dont il était capable.

Ils montèrent lentement les marches et quand ils pénétrèrent dans la vaste salle bondée, une vague de murmures se répandit parmi la foule. Exactement ce à quoi il s'était attendu. Raison de plus de ne pas attendre pour faire son annonce.

Athéna à son bras, il marcha droit vers l'estrade qui s'élevait au centre. Il se plaça devant le micro, et son regard tomba sur celui, interrogateur, d'Apollo.

— Bonsoir à tous, commença-t-il. Je chamboule un peu le programme en avançant l'heure des discours, mais inutile de prétendre que je ne suis pas l'éléphant dans le magasin de porcelaine. Je ne me suis pas montré en public depuis dix ans et je sais que de nombreuses rumeurs ont circulé sur mon compte depuis. Comme vous le voyez, elles disaient vrai. L'accident qui a coûté la vie à Irina Sharapova m'a laissé défiguré.

La foule était suspendue à ses lèvres, il poursuivit donc :

— Au cours de cette décennie, je me suis tenu à l'écart pour guérir, mais j'ai aussi fait bon usage de ce temps pour mettre au jour ce nouveau système de maison connectée. Un système qui surpasse de très loin tout ce qui existe actuellement sur le marché. Il prend en charge la reconnaissance faciale, l'accès à distance, les signaux non verbaux et tient compte des problématiques d'accessibilité. Je suis parvenu à équiper entièrement un château médiéval avec cette merveille high-tech et je peux vous dire qu'il n'existe pas de système plus sophistiqué. Bien sûr, vous en aurez la démonstration plus tard dans la soirée, mais je tenais à ce que vous sachiez que je crois assez en ce produit pour me montrer en public, pour la première fois depuis dix ans.

— Et qui est la femme qui vous accompagne ? lança une journaliste dans les premiers rangs.

— Voici Athéna McKenzie, mon épouse. Comme vous le voyez, je n'ai pas fait *que* développer ce système pendant ma retraite...

Un rire collectif monta de la foule.

— Plus de questions sur ma vie personnelle, annonça-t-il. Nous sommes là pour notre nouveau système smart home !

Sur ce, il reprit sa main dans la sienne et l'entraîna en bas des marches, jusqu'à la piste de danse.

— Il est temps de mettre nos entraînements à l'épreuve.

Il la prit dans ses bras et fut submergé par le besoin primitif de la garder là pour toujours. Maintenant qu'il avait vu ses yeux se voiler de volupté, qu'elle l'avait tendrement habillé, qu'elle avait écouté ses plus noirs secrets... sentir son corps contre le sien était une expérience infiniment puissante.

Il lutterait contre ce besoin égoïste. Il l'aiderait à retrouver sa famille, à se construire une vie à elle. Mais, pour l'heure, il allait danser avec elle. Ce serait la seule intimité qu'il s'accorderait, peu importait que son désir pour elle ne fasse qu'augmenter chaque jour davantage.

C'était précisément parce qu'il la voulait de toute son âme qu'il ne pouvait pas l'avoir au-delà de cette danse.

Athéna passa les bras autour de son cou. Son cœur battait la chamade tant elle brûlait de l'embrasser.

Elle était pleinement sa femme, ce soir. Elle avait boutonné sa chemise, elle l'avait soutenu comme une épouse devait le faire. Pourtant, ils ne s'étaient toujours pas embrassés et ses lèvres la brûlaient.

L'élan qui la poussait vers lui allait toutefois bien au-delà du désir physique. Elle avait la conviction que ce qu'ils partageaient ne pouvait exister qu'entre des amants profondément liés.

Au cours de la soirée, tout le monde voulait parler avec Cameron, qui fut absolument époustouflant. Ils dansèrent, ils dînèrent, ils échangèrent avec les convives et ce ne fut qu'au bout de plusieurs heures qu'ils purent reprendre leur souffle.

Comme ils étaient enlacés sur la piste de danse, elle leva le visage vers lui :

— Cameron...

— Cameron, appela la voix d'Apollo.

Ils se séparèrent pour faire face à ce dernier. Il était accompagné d'un jeune couple très beau.

— Laissez-moi vous présenter Castor Xenakis et sa femme, Glory. Je t'ai dit que Castor avait récemment retrouvé sa sœur, Ismena – également appelée Rose –, après qu'elle avait échappé à la forteresse d'un seigneur du crime russe.

Athéna sentit le sol se dérober sous ses pieds, et un son étouffé sortit de sa gorge. Castor s'approcha et se mit à parler, mais elle l'entendait comme à travers un filtre.

— Avec l'aide d'Arès, son époux, j'ai réussi à collecter quelques informations sur l'endroit où pourrait se trouver votre famille. J'ai retrouvé ce que je pense être votre trace dans la presse. Une enfant prénommée Athéna, enlevée sur une plage avec son frère jumeau. Ils ont été détenus pendant trois mois...

— Un frère jumeau, lâcha-t-elle dans un souffle.

— S'il vous plaît, nous devrions parler de cela dans un endroit privé, intervint Cameron en passant son bras autour de sa taille.

— Bien sûr, toutes mes excuses. Je croyais... N'avez-vous aucun souvenir ?

— Aucun, avoua-t-elle dans un murmure.

— Allons dans le jardin à l'arrière, dit Cameron en l'entraînant à l'extérieur.

Une fois qu'ils furent dehors, Castor tira une enveloppe de sa veste.

— Tout est là.

Athéna tendait la main pour se saisir de l'enveloppe quand, tout à coup, une faille s'ouvrit brusquement dans sa mémoire.

— Constantine. Mon frère s'appelle Constantine Kamaras. Et il y avait... un bébé.

— Je... Lisez ce qu'il y a dans ce dossier, Athéna. Cameron, puis-je vous parler en privé, un instant ? Athéna se laissa tomber sur un parapet de pierre, tandis que les deux hommes s'éloignaient.

Cameron revint un instant plus tard auprès d'elle.

— Nous n'avons pas besoin de rester.

— Si... Si bien sûr. Cette soirée, pour toi, c'est...

— Nous allons aux États-Unis dès demain. Je vais arranger une rencontre avec ta famille. Apollo s'en occupe.

— Je ne peux pas simplement... je ne sais pas...

Athéna luttait pour laisser sa mémoire lacunaire refaire surface. Des images défilaient, étourdissantes : un jeune garçon qu'elle forçait à regarder un dessin animé avec elle. Elle lui souriait, exactement comme elle souriait à Cameron quand il réagissait sombrement. Une très belle femme. Sa mère ? Et un homme en costume gris élégant. Un autre aussi, plus âgé, aux cheveux entièrement gris. Et puis, il y avait ce bébé...

— Mes parents sont-ils... ?

— Ils sont vivants.

— Et mon petit frère, le bébé ?

— Nous parlerons de tout ça plus tard.

— Mais...

— Athéna, tu as subi un choc. Toutes ces révélations d'un coup, c'était trop brutal. Nous en parlerons plus tard.

Elle traversa le reste de la soirée, les sens engourdis. La présentation de Cameron fut un triomphe, mais elle peinait à saisir les détails.

Une famille... elle avait une famille. Et Rose aussi.

Est-ce que c'était celui qu'elle avait cru être son père qui l'avait enlevée ? Elle ne le pensait pas... Il y avait comme un trou noir au centre de sa mémoire. Un fossé à remplir...

Tard dans la nuit, ils remontèrent en voiture. Elle se tourna aussitôt vers Cameron.

— Raconte-moi tout ce que tu sais, le pria-t-elle.

— Je suis désolé d'avoir à t'apprendre cela, répondit-il avec douceur. Ton plus jeune frère est décédé il y a un an.

Athéna sentit son cœur se briser. L'image du bébé aux cheveux sombres se transforma en celle d'un bambin espiègle. Il devait avoir deux ou trois ans la dernière fois qu'elle l'avait vu. Il ne pouvait pas avoir disparu !

— Non. C'est tellement injuste ! Je ne l'ai...

— Je sais, l'interrompit-il. Ton frère jumeau est marié et il a lui-même des jumeaux.

Une nouvelle vague d'émotion la submergea. Elle avait un jumeau, et des neveux ! Athéna se concentra sur les souvenirs avec ce frère. Les mêmes yeux sombres qu'elle, et cette connexion étrange, profonde, comme s'il était une autre partie d'elle-même.

— Je me souviens de Constantine.

Elle se revoyait dans une chambre, ils sautaient ensemble sur le lit, pour tenter d'attraper les petits papillons de papier qui pendaient du ciel de lit.

— J'ai une famille, répéta-t-elle avec émerveillement. Je dois les rencontrer, je dois...

— Bien sûr, tu vas aller les voir. Dès demain.

— Cameron, tu viens avec moi.

— Je t'accompagnerai jusqu'aux États-Unis.

Athéna sentit son cœur se gonfler d'émotion. C'était ce dont elle avait rêvé. Retrouver sa famille. Et Cameron qui n'avait pas quitté son château qui acceptait de l'accompagner, comme si ce n'était rien de plus qu'une chevauchée à travers les dunes écossaises sur le dos d'Aslan.

— Nous devrions les appeler avant de...

— Apollo se charge de les contacter, afin qu'ils soient préparés à notre venue.

— Comment pourrais-je jamais te remercier pour tout cela ? Tu as fait de moi une personne complète ce soir. Je me suis sentie... entière. Et voilà que tu me rends aussi ma famille.

— Tu es Athéna Kamaras, confirma-t-il d'un ton voilé.

Ces mots lui firent étrangement mal. L'idée d'avoir une famille la ravissait, en revanche, ce nom la blessait au plus profond d'elle, parce qu'elle ne voulait pas abandonner le nom qu'il lui avait donné : Athéna McKenzie.

Non ! Elle s'était promis de ne pas s'accrocher à cette identité temporaire et factice. Cameron voulait que leur union se termine au plus tôt, elle devait l'accepter.

Kamaras. Voilà ce qu'elle était. Elle avait une famille, un endroit où aller, un foyer où elle était une fille désirée et non un lot de compensation.

C'était tout ce dont elle avait rêvé.

— Oui, maintenant je connais mon nom, fit-elle en retenant les larmes qui lui montaient aux paupières.

15

Athéna resta silencieuse pendant toute la durée du vol, l'esprit occupé de toutes les révélations auxquelles elle avait dû faire face ces dernières heures.

Sa famille vivait dans le Massachusetts, à la campagne. Bien sûr, Cameron s'était assuré qu'ils étaient des gens bien et qu'il avait raison de la conduire jusqu'à eux.

Le temps passé avec elle toucherait bientôt à sa fin. Une fois qu'elle serait entre de bonnes mains, il la laisserait là-bas. Ce serait le plus grand sacrifice de son existence, parce que tout en lui se révoltait à l'idée de la quitter. Son instinct lui hurlait de ne jamais la lâcher et de la faire sienne de toutes les façons possibles.

Hélas, c'était impossible. Parce qu'elle l'avait changé. Il restait peut-être une bête terrifiante en apparence, mais il avait appris à tenir à quelqu'un d'autre depuis qu'elle avait fait irruption dans sa vie. Désormais, ce qu'il voulait plus que tout, c'était son bonheur à elle, or, il ne pouvait le lui offrir.

— Je me suis souvenue de quelque chose, dit-elle soudain.

— Quoi donc ?

— Je me rappelle le jour de l'enlèvement. Constantine s'est débattu, il a essayé de me sauver. J'étais terrifiée. Ils... On a été séparés. Je me souviens d'avoir été emmenée dans une petite pièce où on m'a servi du thé et des gâteaux. J'avais peur de ce qui était arrivé à Constantine, et puis, ils sont entrés pour me dire... pour me dire que mon frère était mort. Ensuite, tout a disparu. Je crois que c'est le traumatisme de cette annonce qui a provoqué mon amnésie. Quand ils m'ont dit...

Son visage était tendu par la douleur, comme si elle la revivait à nouveau. Il pouvait voir sans peine la fillette d'alors, terrorisée, brisée.

— Ton frère n'est pas mort, Athéna. Il est en vie.

— Pas mon petit frère, murmura-t-elle douloureusement.

— Je sais. Il a perdu la vie dans un accident de la route. Je suis certain que ton retour aidera les tiens à panser la blessure de cette perte. Est-ce que tu imagines ce que doivent ressentir tes parents ? Ils croyaient avoir perdu deux de leurs enfants, et un miracle te rend à eux !

— C'est beaucoup de pression...

— Peut-être. Pour ma part, je n'ai pas de famille à retrouver. Je ne dis pas ça pour nier les difficultés qui se présentent à toi. Bien sûr que tu dois éprouver toutes sortes d'émotions douces-amères, de la joie autant que de la peine... Il n'empêche que c'est un miracle pour toi d'avoir tout cela. Je veux que tu regardes vers l'avenir, pas vers le passé.

— Oui, tu as raison, approuva-t-elle en prenant sa main.

Cette fois, il ne la lui retira pas.

Quand ils atterrirent sur le tarmac du petit aéroport privé, une voiture les attendait et les conduisit rapidement aux portes de la propriété des Kamaras. Au moment où le portail s'ouvrait devant eux, la pluie se mit à tomber et Cameron sentit son cœur peser horriblement lourd dans sa poitrine.

Voilà pourquoi il ne fallait jamais laisser quiconque s'approcher trop près... Il n'avait pas voulu tenir de nouveau à quelqu'un. Il n'avait pas voulu désirer une autre personne. Il avait travaillé trop dur pour maîtriser ses émotions, pour s'endurcir ; trop dur pour laisser les murailles s'effondrer autour de son cœur.

Athéna sortit de la voiture et resta un instant immobile, le visage levé vers la façade, et il la rejoignit.

— Je me rappelle cette maison, murmura-t-elle.

— De quoi te souviens-tu ? la pressa-t-il.

Il devait savoir si elle serait heureuse ici.

— J'étais heureuse. Ma mère, elle m'aimait...

Comme elle s'interrompait, il hocha la tête.

— Alors, il est temps que je te laisse partir.

Elle se tourna lentement vers lui. Pendant une interminable seconde, il n'y eut aucun autre bruit autour d'eux que le martèlement de la pluie.

— Tu ne m'accompagnes pas ? demanda-t-elle.

— C'est quelque chose que tu dois faire seule. Tu n'as pas besoin de moi, Athéna. J'ai été un homme assez médiocre pour faire de toi ma prisonnière. Je n'étais pas capable d'affronter le monde, alors j'ai voulu te garder pour moi. Comme je l'avais fait pour Aslan. Seulement, tu es une femme libre, pas un animal à enfermer ou à dompter. Je te veux libre et sauvage, Athéna, ma déesse de la Guerre.

Il prit sa main pour y déposer le collier qu'elle lui avait donné la veille.

— Merci de m'avoir donné ta force. Mais tu vas en avoir besoin pour toi maintenant.

— Non, Cameron...

La pluie coulait sur son visage et il lui fallut une seconde pour comprendre que des larmes s'y mêlaient. Sa tristesse de le voir partir n'était pas feinte. Bon sang ! Elle n'aurait pas dû être triste ! Il lui rendait sa liberté, sa famille !

— Vas-y et ne pense plus à moi, Athéna. Oublie-moi.

— Non, je penserai à toi tous les jours, Cameron ! Tu ne peux pas...

— Vas-y.

L'air égaré, elle tourna le visage vers la maison et fit deux pas vers la façade... loin de lui. Cameron sentit une partie de son âme se détacher de lui pour partir avec elle. Il sut qu'il ne récupérerait jamais ce morceau de lui. Il n'en avait pas envie.

Brusquement, elle s'arrêta, fit volte-face et revint vers lui. Son corps le percuta avec la violence d'un soldat sur le champ de bataille. Elle passa les bras autour de son cou et l'embrassa. Un baiser dur, exigeant, brutal.

Cameron réagit à l'instinct, mêlant sa langue à la sienne.

Qu'aurait-il pu faire d'autre ? Il était impuissant face à sa conquête. Ses bras se refermèrent d'eux-mêmes autour d'elle et il lui rendit son baiser avec la violence d'un homme affamé, comme s'il n'y avait rien d'autre au monde qu'eux. Comme si son visage n'était pas détruit. Comme si son âme n'était pas anéantie. Comme s'il n'était pas forcé de l'éloigner pour lui rendre sa liberté.

Il s'accrocha à elle autant qu'elle à lui. Il y avait dans leur étreinte toute la puissance de leur désir, de leur besoin.

Ce n'étaient pas les dix années de privation qui rendaient leur baiser aussi dévastateur, non, c'était bien plus profond que cela. Jamais il n'avait embrassé quiconque ainsi auparavant. Parce qu'embrasser n'avait pas fait partie de ses petits jeux de pouvoir. Il avait connu toutes sortes de dépravations dans le sexe, sans pour autant jamais vivre quoi que ce soit de semblable.

Quand Athéna enlaçait ses doigts aux siens, il avait l'impression d'être un tout jeune homme qui n'avait jamais connu de femme. Quand elle lui avait mis sa chemise, il avait vécu l'expérience la plus érotique de son existence. Et à présent qu'elle l'embrassait, elle allumait un brasier dans tout son être.

Il était balafré, endurci, blasé. Pourtant, il n'avait aucune défense face à la tempête qu'elle venait de déclencher en lui. Il n'existait pas de protection face à elle. Parce qu'elle était unique, exceptionnelle.

C'est pourquoi il devait la laisser aller. Le cœur en lambeaux, il s'écarta d'un pas. Son corps luttait pour revenir vers elle, pour la retenir encore un instant.

L'homme qu'il était autrefois l'aurait ramenée sur la banquette arrière pour la posséder enfin. Il aurait profité de ces moments qui ne devaient appartenir qu'à elle pour se les approprier. Il n'aurait pensé qu'à ses propres désirs.

Mais il ne lui ferait pas ça. Elle ne serait pas une nouvelle victime de son égoïsme, de sa dépravation et de son besoin de contrôle. Elle était bien trop glorieuse pour être la victime de qui que ce soit.

Elle irait de l'avant, libre et épanouie, il le savait. Parce qu'elle était la force et la victoire personnifiées depuis le tout premier instant où il l'avait vue sur le sol de terre battue de cette chaumière.

— Vas-y, répéta-t-il dans un murmure en caressant ses lèvres du pouce. Tu as trouvé la vie pour laquelle tu es faite. Tu as obtenu ta liberté. Profites-en pleinement.

Alors, il se détourna d'elle, remonta dans la voiture et dit au chauffeur de le conduire loin. Comme la voiture s'éloignait, il sut qu'il était aussi prisonnier qu'il l'avait toujours été. Une soirée, aussi triomphale soit-elle, ne pouvait guérir des plaies aussi profondes que les siennes. Il retournerait tout droit au château et il y resterait.

Néanmoins, il y avait une chose dont il pouvait s'estimer fier : il lui avait rendu sa liberté.

Même s'il n'avait pu changer, même s'il n'avait pu guérir, même s'il ne serait jamais un homme entier, il lui resterait au moins cela.

16

Athéna tremblait de tous ses membres quand elle arriva devant la porte. Dans son dos, elle entendit la voiture démarrer et lutta pour ne pas vaciller. Elle était sur le point de rencontrer sa famille, elle aurait dû être enchantée. Seulement, elle devait pour cela laisser Cameron partir et elle n'était pas certaine de s'en remettre.

Il le fallait, pourtant ! Après tout ce qu'elle avait vécu, elle ne se laisserait pas briser ! Mais ce baiser... Elle ferma brièvement les yeux pour revivre la magie de ces instants : la sensation merveilleuse de ses lèvres sur les siennes, sa chaleur qui l'enveloppait et ce désir toujours plus fort d'être plus proche de lui. Ce besoin ne serait jamais satisfait.

Elle était tellement innocente la première fois qu'elle l'avait rencontré. Sa vision de la romance était ridiculement douce et confortable. Cameron s'était chargé de détruire ses rêves de jeune fille, parce qu'avec lui, elle avait découvert quelque chose d'infiniment plus fort et puissant...

Il lui avait montré qu'elle était une guerrière, une combattante. Grâce à lui, elle était sur le point d'affronter une nouvelle épreuve : rencontrer sa famille. Soit elle trouverait dans cette demeure la satisfaction de ses rêves brisés d'enfant, soit ses plaies seraient rouvertes... Elle prit une inspiration et carra les épaules avant de toquer.

Une belle femme lui ouvrit, coiffée d'un chignon qui laissait deviner les mêmes cheveux sombres qu'elle.

— C'est… toi, balbutia la femme, blême. Athéna.

— Maman, murmura-t-elle quand les bras se refermèrent autour d'elle.

Elle fut entraînée à l'intérieur, où son père l'attendait et, en un instant, la mémoire remonta par flots violents à la surface de sa conscience. Elle savait qui ils étaient, elle pouvait ressentir les liens qui les unissaient. Elle ne vivait pas une rencontre, mais des retrouvailles avec les siens.

— Je n'arrive pas à y croire, lâcha son père d'une voix blanche en l'embrassant tendrement.

— Je suis là, dit-elle comme pour s'en convaincre.

Puis son regard fut attiré vers un large escalier, au bas duquel un homme, grand et mince, demeurait comme pétrifié. Une femme rousse se tenait près de lui.

— Tu te souviens de moi ? demanda-t-il d'un ton rauque.

Elle tendit la main vers lui en souriant.

— Constantine… Bien sûr. Je t'obligeais à regarder ce dessin animé idiot avec des poneys.

Il ne répondit rien, mais marcha vers elle et tomba dans ses bras. Cette étreinte procura à Athéna une impression de complétude, dont elle ignorait jusque-là l'existence.

— Nous avons beaucoup à rattraper, murmura-t-il dans ses cheveux.

De fait, ils restèrent des heures à discuter. Tard dans la soirée, ses parents allèrent se coucher, puis l'épouse de son frère, Morgane, les laissa seuls.

— Demain, tu rencontreras les enfants, annonça-t-il. Quand j'ai appris que Morgane attendait des jumeaux, j'ai…

— Des jumeaux… C'est merveilleux.

— Ce n'est pas ce que j'ai ressenti au premier abord. Je… j'ai vécu avec le remords de t'avoir abandonnée, Athéna. Toutes ces années, j'ai cru que tu étais morte.

— Ils m'ont dit que tu étais mort, à moi aussi. Je crois que c'est ce qui m'a brisée. Je n'avais plus aucun souvenir, de toi, de notre famille… Je ne me souvenais plus d'où je venais.

— Apollo nous a appris que tu avais été adoptée. Par d'autres personnes que celles qui nous ont enlevés.

— Oui. Quand je suis arrivée chez eux, j'avais déjà perdu la mémoire, à cause de ce qui est arrivé chez nos kidnappeurs, quand ils m'ont dit que tu étais mort...

— Moi, je n'ai jamais oublié, lâcha-t-il d'une voix brisée. Ils m'ont torturé en me disant qu'on te faisait du mal.

— Quelle horreur ! Je suis désolée. On ne m'a jamais fait de mal. Toutes ces années, j'ai été tenue loin du monde, sans savoir qui j'étais vraiment, mais je ne courais aucun danger. Ce n'est que lorsque celui que j'appelais « père » a voulu me donner en mariage que je me suis enfuie.

— Quand était-ce ?

— Il y a un mois. Je me suis échappée et, aussi improbable que ça paraisse, j'ai atterri dans un château reculé des Highlands.

— Pas grand-chose ne me paraît improbable après t'avoir perdue, puis retrouvée. J'ai compris que Castor Xenakis t'a sauvée et qu'il nous a retrouvés ?

— C'est Cameron McKenzie qui m'a sauvée.

— Attends... le génie de la tech ? Celui qui a disparu depuis dix ans et vient de réapparaître avec... sa femme ?

— Lui-même.

— J'ai vu passer les gros titres, mais je n'ai pas regardé de plus près, parce qu'entretemps j'ai reçu un coup de fil m'annonçant que tu étais en vie. Ces dernières vingt-quatre heures se sont déroulées dans une sorte de brouillard...

— J'ai épousé Cameron pour l'aider à revenir au sein de la société et pour qu'il me protège de mon soi-disant père.

— Tu as été prévenue, pour Alex ?

— Oui, la nouvelle de sa mort a été un choc.

— Pour moi aussi. Alex a toujours été... difficile. Mais il aurait fini par changer s'il en avait eu le temps.

— C'est vers la même période que tu as épousé Morgane, cela a dû t'aider, non ?

— C'est une longue histoire, dit-il avec un rire triste. Morgane était la fiancée d'Alex.

— Nous avons tout le temps devant nous...

Le lendemain, dans la matinée, Athéna reçut un texto d'Apollo. Il lui donnait des instructions pour télécharger une application qui lui permettrait de contacter Cameron via son système d'Interphones.

Son cœur battit plus fort d'émotion. Certes, elle avait trouvé sa place au sein de sa famille. En quelques heures, les Kamaras lui avaient témoigné bien plus d'amour que sa famille adoptive pendant des années. Elle avait désormais un foyer, un refuge. Cependant, Cameron était son mari et, quoi qu'il en dise, elle n'avait pas l'intention de le quitter.

De toute façon, elle avait beau se répéter encore et encore que leur histoire n'avait rien de réel, elle savait au fond d'elle que rien n'était plus vrai, parce que, de retour dans la vie qui lui avait été volée, elle le voulait plus que tout.

Elle remercia Apollo et lança l'appli.

— Je vais bien, si jamais tu t'en préoccupais, lança-t-elle.

— C'est la nuit ici. Et comment as-tu eu l'information pour me joindre ?

Entendre sa voix fit aussitôt battre son cœur plus vite.

— Tu peux deviner...

— Apollo, soupira-t-il. Profite de ta famille, Athéna.

— C'est le cas. Si tu ne veux pas me parler, très bien, mais moi, je veux partager ce que je vis avec toi.

Et c'est exactement ce qu'elle fit. Elle lui raconta tout ce qu'elle avait appris sur sa famille.

Elle prit l'habitude de l'appeler et de lui parler longuement tous les jours. Il ne lui répondait pas toujours, mais elle lui parlait tout de même, puisqu'elle savait qu'il l'entendait. Elle refusait de rompre cette connexion avec lui.

Noël arriva et elle le passa en famille. Au fil des jours, elle apprit à connaître son neveu et sa nièce, ainsi que sa belle-sœur. Elle reprit également contact avec Rose et alla lui rendre visite dans la villa qu'elle habitait avec Arès en Grèce.

Athéna continuait de découvrir le monde. Elle s'habillait comme bon lui semblait, jouait avec ses neveu et nièce à toute heure, courait pieds nus dans les champs qui s'étendaient derrière la maison de ses parents, simplement parce qu'elle le pouvait.

Elle dormait dans sa chambre d'enfant. Ses parents lui avaient immédiatement proposé de rester avec eux, mais ils lui avaient également offert de lui payer une maison à elle, aussi fit-elle l'acquisition d'une villa qu'elle décora à son goût. En tant qu'héritière, elle n'avait pas à se soucier de l'argent. Tous les matins, elle se levait et allait arpenter les rues de la ville, aussi longtemps et aussi loin qu'elle le voulait.

Elle se noua également d'amitié avec Castor et sa femme. Elle s'impliqua dans leur fondation, pour aider les femmes victimes de trafic humain, comme elle, mais qui se retrouvaient bien souvent dans des situations inhumaines.

Et chaque jour elle parlait à Cameron. Hélas, il était toujours plus muré dans un silence obstiné. Elle l'imaginait sans peine dans son refuge de la tour Nord, l'écoutant en silence.

Elle guettait les informations, en quête d'une nouvelle apparition publique, mais il s'était de nouveau retiré dans l'ombre. Elle, en revanche, était devenue la coqueluche de la presse à scandale. Son retour dans sa famille avait entraîné l'arrestation de son père adoptif et de beaucoup de ses associés, y compris Mattias.

Leur réapparition, de Rose et d'elle, avait déclenché une avalanche, et elle en était soulagée. Une équipe de gardes du corps était dévolue à sa sécurité, des hommes jeunes, séduisants, bien bâtis... qui la laissaient de marbre. Elle ne pensait qu'à Cameron.

Un soir que Morgane et Constantine étaient venus dîner dans sa maison de ville, elle déclara soudain à son frère :

— Je dois y retourner.

— Chez McKenzie ? comprit-il aussitôt.

— Oui. Peu importe ce qui s'est passé, je suis Athéna McKenzie.

— Tu ne lui appartiens pas ! Tu es à nous, Athéna.

— Je n'appartiens à personne, Constantine. Je suis libre et indépendante. Mais mon cœur demeure auprès de Cameron.

— Le syndrome de Stockholm peut...

— Ce n'est pas ça, coupa-t-elle. Je peux aller où je veux, faire ce que bon me semble, prendre n'importe quel amant... Seulement, je ne veux que lui. J'ai expérimenté la liberté que le monde a à m'offrir, et ma conclusion est sans appel : j'aime être avec lui. Je l'aime, lui. Il n'est pas question de vous abandonner, pas une seconde, seulement, si je ne l'aimais pas, ma vie serait complète en ce moment. Mais elle ne l'est pas.

Le visage de Morgane exprimait une sympathie pleine de compréhension.

— Je comprends ce que tu veux dire. Tu ne l'as peut-être pas remarqué, mais ton frère a tout d'une bête, lui aussi. Et je l'aime en dépit de tout. Je n'ai pas pu échapper à cet amour.

— Moi, je ne veux même pas y échapper. Je veux être avec lui.

Constantine poussa un lourd soupir, avant de lâcher :

— Prends mon avion privé. Tu y seras dans quelques heures.

17

Son instinct lui fit deviner l'instant précis où elle arriva au château. De toute façon, il était en alerte parce qu'elle ne lui avait pas parlé au cours des dernières vingt-quatre heures. À présent, il comprenait pourquoi.

— Ouvre-moi, Cameron, cria-t-elle depuis le portail.

Et il lui ouvrit, parce qu'il était faible et qu'elle lui avait affreusement manqué. Il ouvrit les portes d'accès une à une et courut au bas des marches. Quand elle entra dans la pièce, il combla l'espace entre eux pour la prendre dans ses bras.

Il avait essayé d'être honorable. Il avait essayé de lutter pour rester loin d'elle. Mais comment résister quand elle revenait vers lui ? Comment l'oublier quand elle lui parlait chaque jour ?

Cameron prit ses lèvres avec ferveur. Elle était si douce, si parfaite... Elle était tout ce qu'il désirait, tout ce dont il avait désespérément besoin. Le désir qu'il éprouvait pour elle n'avait rien de commun avec celui, fugace et superficiel, de ses rencontres sans lendemain. Ce désir-là n'était pas nourri d'un besoin physique ou d'une gratification de l'ego, non, il plongeait beaucoup plus profondément au cœur de son âme.

Ce désir-là le terrifiait, parce qu'il avait la capacité de le briser. Hélas, il n'avait pas le pouvoir de s'éloigner. Ni pour son bien à elle, ni pour sa propre sauvegarde. Alors, il la souleva dans ses bras et la porta vers la tour Nord.

Il n'y avait rien d'autre dans sa chambre que son lit, et c'est là qu'il l'étendit. Il se redressa, le temps d'enlever ses vêtements, sans la quitter des yeux. Il ne craignait pas de la laisser voir ses cicatrices. Elle avait déjà vu les plus profondes, les plus sombres, celles qui défiguraient son âme. Athéna le connaissait et elle était sa femme. Ce n'était pas censé signifier quoi que ce soit, et pourtant, c'était essentiel.

Elle le regardait intensément tandis qu'il retirait ses vêtements un à un. Puis il la rejoignit sur le lit et posa ses mains tremblantes d'impatience sur son corps. Il la débarrassa de son manteau et, sans la quitter du regard, remonta lentement sous sa jupe. Sa peau était si douce qu'il ferma un instant les yeux pour mieux savourer la sensation.

Cette femme était un cadeau du destin qu'il n'avait pas mérité. Mais il ne s'en détournerait pas. Quand il était près d'elle, il mesurait l'étendue de sa solitude. Non pas dix années de solitude, mais une existence entière. Près d'elle, tout ce désir d'amour qu'il avait enfoui resurgissait telle une vague immense, impossible à contrôler.

Il glissa les doigts sous l'élastique de sa culotte pour toucher enfin le trésor qu'il convoitait entre ses jambes. Elle était prête, brûlante du même désir. Pour lui.

Ce moment hors du temps où leurs souffles ne faisaient plus qu'un, où leurs cœurs battaient à l'unisson, où il tenait la preuve de son désir au creux de sa main était un miracle. Comment cette magie pourrait-elle jamais se transformer en amertume ? Comment cela pourrait-il finir comme il le redoutait, avec lui qui la brisait par sa dureté ? Était-ce vraiment de cela qu'il avait peur ? Il s'obligea à écarter cette pensée de son esprit.

Pour la première fois depuis que son espoir de voir quelqu'un se soucier de lui avait été brisé, il n'était pas dans le contrôle. Pour l'heure, il capitulait, il s'abandonnait entièrement.

Cameron glissa un doigt en elle et contempla son sublime visage qui se crispait sous les assauts d'un désir violent. Elle arqua les reins vers lui et il sut qu'il était définitivement perdu. Il avait essayé de la protéger des conséquences, mais elle avait refusé d'entendre raison. Elle était revenue.

Il n'interrompit ses caresses que pour descendre la fermeture

Éclair de sa robe et la débarrasser de ses sous-vêtements. Quand elle fut nue, il admira sa beauté glorieuse. Elle avait la peau satinée et, sous son regard intense, les pointes sombres de ses seins se tendirent. Le spectacle de son arrogante féminité accroissait la tension presque douloureuse qui montait de ses reins.

Il avait besoin d'elle. Plus que de toute autre chose.

Lentement, il parcourut son corps de ses baisers. Quand il prit une pointe sensible entre ses lèvres, elle poussa un cri de volupté et s'arqua contre lui. Cameron la laissa éprouver l'effet qu'elle avait sur lui en pressant son sexe dur contre son corps tendre.

La douceur de ses mains qui caressaient son torse, son dos, ses cicatrices, le mettait à torture. Elle le touchait comme si les marques sur son corps n'étaient pas une particularité accidentelle, mais comme si elles faisaient entièrement partie de lui. Comme si chacune d'elles était un morceau de lui-même. Il n'y avait qu'Athéna pour remporter cette bataille sur lui.

Ses doigts se refermèrent autour de son membre, l'enserrant doucement, tandis que ses immenses yeux sombres se posaient sur lui. Cameron respirait à peine, tant le désir l'oppressait. Brusquement, elle le repoussa sur le dos.

— C'est mon fantasme, souffla-t-elle. J'imagine cette scène depuis très longtemps. Toutes ces années pendant lesquelles j'étais enfermée...

— Tu es libre, maintenant.

— C'est vrai, dit-elle en imprimant un mouvement régulier autour de son membre. J'ai pu faire ce que je voulais, fréquenter qui je voulais, j'ai pu découvrir le monde. J'ai goûté à la liberté. Et pourtant, je suis ici, Cameron. Parce que je ne voulais personne d'autre que toi. J'ai besoin que tu le saches, que tu comprennes.

— Athéna...

Sa voix mourut lorsqu'elle se pencha pour laisser courir sa langue de la base de son érection jusqu'en haut. Puis elle le prit dans sa bouche et il n'eut plus aucune objection à émettre. Cameron serra les mâchoires pour garder un semblant de contrôle, tandis que la bouche d'Athéna faisait des merveilles sur son sexe dressé. Ses doigts glissèrent dans ses cheveux pour la retenir.

— Attends. Pas comme ça, gronda-t-il, haletant.

Il la fit rouler sur le dos et posa les lèvres sur son ventre avant de descendre lentement vers le trésor qu'il convoitait au creux de ses cuisses. Il les agrippa fermement en se délectant de chacun des cris de plaisir qu'il lui arrachait.

S'il devait prendre son innocence, il le ferait entièrement, parce qu'il était un monstre qui détruisait tout sur son passage. Il en serait de même entre eux. Mais au moins il savourerait chaque seconde du voyage, quand bien même l'enfer était sa seule destination.

Cependant, il n'était pas en terrain connu. Ce qui se passait entre eux n'avait rien de commun avec le sexe qu'il avait connu. Il y avait bien plus entre leurs corps qu'un simple besoin physique. Il y avait leur promenade sur les quais de Seine, l'orgasme qu'il lui avait donné dans la cuisine, leur baiser d'adieu sous la pluie et leurs vœux échangés dans la chapelle. Il y avait ce premier instant, quand il l'avait découverte dans la chaumière et qu'il avait su, au plus profond de lui-même, qu'elle était sienne.

Dans chaque caresse, dans chaque baiser, il sentait leurs corps et leurs âmes se mêler et se confondre entièrement. Le beau et le brisé, le monstrueux et le divin. Tout ce qu'il avait craint et ce qu'il n'avait jamais osé espérer.

Sous les assauts de sa bouche, elle tremblait et suppliait, les doigts crispés dans ses cheveux, mais il ne cessa pas avant de sentir tout son corps se contracter dans l'extase. Alors, il reprit sa bouche, parce qu'il ne pourrait jamais se lasser. Et c'est cette prise de conscience qui le ramena à l'horreur de la réalité. Il n'en aurait jamais assez... Il était maudit, il le savait, pourtant, il était incapable de se détourner.

Comme si elle avait senti son angoisse, Athéna referma les bras autour de son cou et l'emprisonna de son regard. Cameron pénétra lentement son sexe délicat, sans que jamais elle ne détourne les yeux. Elle était tellement belle, tellement parfaite. Il était perdu.

— Cameron, haleta-t-elle quand il fut en elle.

Alors, il se mit à bouger et fut stupéfait de découvrir que tout était différent. Être en elle était une expérience absolument nouvelle et inédite. Le plaisir qui se répandait dans son corps n'avait rien à voir avec le contrôle ou le pouvoir. Non, il s'abandonnait entièrement à elle et, à chaque coup de reins, elle lui rendait ce qu'il cédait, enrichi d'une proximité plus belle, plus forte.

Il aurait voulu que cet état de grâce dure toujours, mais il sentait son intimité l'enserrer toujours plus et quand elle cria son nom en arquant les reins, Cameron abandonna la lutte.

Il entra une dernière fois en elle dans un grondement d'extase, brisant les derniers vestiges de contrôle qui lui restaient. Sa déesse guerrière l'avait vaincu.

Quand il retrouva un semblant de calme, elle le fixait de ses grands yeux sombres.

— Cameron, murmura-t-elle. Je t'aime.

18

Elle sentit qu'il se retirait émotionnellement, avant même qu'il ne s'éloigne physiquement. Elle avait toujours su que prononcer ces mots à voix haute était un risque. Seulement, elle était venue pour tout conquérir et il n'y avait que l'amour qui permette cela. Ni la force brute, ni le pouvoir, ni la manipulation ne pouvaient le faire entièrement plier. Seul l'amour en était capable et c'est ce qu'elle ressentait envers lui.

Alors, elle garda la tête haute.

— Ne te détourne pas.

— Non, Athéna... C'est exactement pour ça que je ne voulais pas te toucher, que je...

— Je sais. Tu ne veux pas que je m'approche trop près de toi, ni moi ni personne. C'est pour ça que tu m'as laissée sur le seuil devant la maison de ma famille sans vouloir entrer avec moi, pour ça que tu ne m'as pas touchée avant... Parce que tu savais que tu n'aurais plus aucune protection.

— J'ai gardé mes distances pour te protéger, toi ! Toi et ton innocence. Et maintenant ? Comment te sens-tu, exactement ?

— Forte, mais c'était déjà le cas. Je sais ce que je veux depuis bien longtemps. C'est toi que je veux, Cameron. Je suis Athéna McKenzie, même si je sais maintenant que j'ai un nom de naissance, mais tu es la famille que j'ai choisie. Ne comprends-tu pas ? J'ai fait ce que tu m'as dit, j'ai vu le monde, j'ai fait mes propres expériences. J'aurais pu avoir n'importe qui d'autre, j'ai découvert que j'avais assez d'argent pour m'acheter une maison que j'ai meublée selon mes goûts. Je me suis projetée dans une vie que je m'étais créée. Une vie sans toi. Seulement, ça ne me suffit pas. Ça ne suffira jamais parce que ce que je veux, c'est toi. Je sais à quoi ressemble le monde à présent, j'ai vu des villes et des paysages sublimes, j'ai passé un merveilleux Noël en famille. Et pourtant, au milieu de toute cette joie, j'ai ressenti de la tristesse. Parce que tu me manquais atrocement. Je me suis forcée à vivre loin de toi, parce que je savais que tu m'aurais reproché de ne pas comprendre. Et je t'ai parlé tous les jours parce que j'en avais envie. Je ne suis pas une prisonnière, je suis une déesse de la Guerre et je me battrai pour toi, pour nous. Et si cela te fait peur, je te dirai les mots que tu m'as appris : « Prends courage, garde espoir. » J'ai trouvé en moi la force que tu m'as dit d'aller chercher, alors ne rejoins pas le chœur de tous ces hommes qui ont voulu me dire ce que j'étais et ce que je devais devenir. J'ai déjà prouvé que je suis bien plus forte que cela, et tu as été le premier à le voir, Cameron.

Il rivait sur elle ses yeux bleus, deux lacs emplis de désespoir.

— C'est… c'est impossible. Je suis un monstre. Il n'y aura pas de fin de conte de fées pour nous. Il ne suffira pas d'un baiser pour tout réparer. J'ai pris ta virginité, seulement rien n'a changé. Je suis toujours un monstre.

— Je ne suis pas une fragile héroïne de conte de fées, Cameron. Je suis une déesse de la Guerre, je suis faite pour ce combat. Je sais désormais qui je suis, ce que je veux, et tu n'as pas le droit de prétendre le contraire. Ne me transforme pas en objet dénué de volonté pour te raccrocher à ton traumatisme, c'est exactement comme cela que l'on réduit une personne au statut de jouet, une simple pièce d'une collection. C'est ce que j'ai été pour ma mère, je refuse de l'être pour toi.

— Athéna, mes cicatrices…

— Sont les marques de ce que tu es, pas un monstre, mais un survivant !

— Je ne suis rien d'autre qu'un gamin brisé. En voulant connaître l'amour, j'ai pris un chemin sans retour. En vendant mon corps, j'ai appris à fermer mon âme pour que plus rien ne me touche. Pour autant, je voulais désespérément apaiser l'insupportable solitude qui me dévorait avec ces moments volés, ces illusions de proximité parce qu'on posait les mains sur moi. Je suis venu ici pour affronter cette solitude, pour l'accepter enfin. Et je ne peux pas séparer cette proximité à l'autre du besoin sordide que c'était pour moi. Je ne peux pas...

— Tu sais que ce qu'il y a eu entre nous n'avait rien de sordide.

— Et qu'arrivera-t-il quand tu te seras lassée de moi ? explosa-t-il soudain.

— T'ai-je donné une seule raison de douter de moi ? J'ai parcouru le monde entier pour être ici avec toi. La peur que tu ressens n'existe qu'en toi, tu es ton seul ennemi, pas moi ! Alors je t'interdis de me fuir, Cameron McKenzie ! Je t'ai été offerte par la Providence, je crois que le Destin m'a mise sur ton chemin et tu dois le croire aussi. Te rencontrer m'a sauvée.

— Tu t'es sauvée toute seule à l'instant où tu as sauté de la voiture de ton père.

— Admettons. Dans ce cas, aie confiance en moi pour nous sauver tous les deux !

Mais au moment où elle prononçait ces mots, elle comprit qu'elle faisait fausse route.

— En fait, non, je ne peux te sauver de toi-même. C'est à toi de faire ce choix. Tu es à la croisée des chemins, à toi de décider lequel tu vas prendre pour avancer ou non vers la lumière. La seule personne qui peut rompre la malédiction qui pèse sur toi, c'est toi-même, Cameron. Je peux te donner un baiser, je peux t'aimer, je peux voir en toi l'homme merveilleux que tu es, mais à moins que tu ne le voies, toi aussi, je ne peux pas te sauver.

— Athéna.

— Est-ce que tu m'aimes ?

Elle lut dans son regard blessé qu'il était au bord du gouffre.

Pourquoi fallait-il qu'elle lui demande ça ? Cette question, c'était l'éclat qui fendillait de bout en bout la souffrance et la douleur qui habitaient son âme depuis si longtemps. Il aurait pu mentir, à tout le monde, à lui-même...

— Oui, admit-il d'un ton rauque, même si cet aveu le détruisait.

Elle le détruisait. Il aurait encore préféré se retrouver dans la carcasse de sa voiture, la plaque de métal enfoncée dans sa jambe, plutôt que d'avoir à affronter ça. Mais elle ne lui laissait pas le choix. Il n'avait nulle part où se cacher, aucun moyen de se protéger.

Il avait affirmé avec force, autant à elle qu'à lui-même, qu'il n'avait besoin de rien, ni de personne. Il avait prétendu qu'il n'aimait pas... et il y avait cru. Et voilà qu'il se retrouvait brutalement confronté à la vérité.

Toutes ces années, il avait désiré l'amour plus que toute autre chose et ce besoin l'avait brisé. Alors, il avait dû se refermer entièrement pour survivre. Elle était là, profondément ancrée en lui, cette capacité à aimer. Mais il l'avait brutalement étouffée, car il était trop faible, trop mauvais, trop terrifié, exactement comme le gamin des rues d'autrefois, celui qui avait dû vendre son corps sans y perdre aussi son âme. C'était peut-être ce qui le mettait le plus en rage dans la mort tragique d'Irina : il ne s'était pas laissé une seule chance de tenir un tant soit peu à elle.

Mais aujourd'hui, il avait une chance de retrouver son âme en la lui offrant. C'est ce qu'il voulait le plus au monde, car sinon, à quoi bon toutes ces épreuves ? À quoi bon avoir survécu à son enfance, à l'accident, sinon pour pouvoir enfin découvrir la beauté de l'intimité amoureuse avec elle, à trente-huit ans. S'il pouvait l'aimer et être aimé d'elle en retour, alors tout cela n'aurait pas été pour rien.

— Je t'aime, répéta-t-il avec plus de force.

Néanmoins, les mots ne sortaient pas aisément. Alors, il attira son corps nu contre le sien et prit ses lèvres. Il l'embrassa avec passion, avec désespoir.

— Je t'aime, Athéna, mais qu'est-ce que ça fait mal !

— Tout va bien, murmura-t-elle en écartant avec douceur ses cheveux de son visage. Je ne veux pas d'un amour facile. Je le sais depuis notre promenade sur les quais, à Paris, quand je regardais tous ces couples qui s'échangeaient caresses et regards. C'était l'idée que je me faisais de la romance, et j'ai su que nous n'aurions pas cela. Ce que nous avons, c'est réel, compliqué, parfois douloureux, mais ça en vaut la peine. Toi et moi, nous sommes des survivants, nous sommes des miracles, alors qui d'autre que nous pourrait s'essayer à cet amour improbable ?

— Je te veux dans ma vie, Athéna.

— Alors j'y reste, parce que je t'aime et que je choisis d'être auprès de toi. Avec toi.

— La belle et la bête.

— Non, la déesse de la Guerre et la bête, rectifia-t-elle. J'ai décidé de te conquérir et je trouve que j'ai fait un bon boulot, je compte bien continuer. Pour le restant de nos vies.

— Cela ressemble presque au « Ils vécurent heureux... »

— Oui, Cameron, je crois que c'est ce qui nous attend.

Épilogue

Ils tinrent tous deux la promesse qu'ils s'étaient faite.

Le travail d'Athéna, qui aidait les victimes de trafic humain, se mariait bien à son engagement auprès des enfants des rues. Ainsi, leur fondation – qui offrait une formation dans les nouvelles technologies et l'opportunité d'une nouvelle vie – avait aidé près de cinq cents enfants en les tirant de la misère des rues ou d'une existence en captivité.

Athéna et lui travaillaient dur pour s'assurer qu'aucun de ces enfants ne se sente rejeté, abandonné ou oublié.

Cameron, autrefois enfant des rues ignoré de tous, puis reclus isolé du monde, était devenu un époux, un beau-frère, un fils honoraire et un père, tout cela en moins d'une année. Jamais il n'aurait pu imaginer que le destin lui ferait un tel cadeau.

Installé dans le vaste salon familial, dans le Massachusetts, son fils dans les bras, Cameron prit soudain conscience que son imagination avait été bien pauvre. Elle n'avait pu imaginer tant d'amour et de bonheur pour lui, tout simplement parce qu'il avait été terrifié.

Maintenant, il savait… Il savait que l'avenir pouvait être infiniment meilleur que ce qu'il avait déjà vécu, car la vie était infiniment plus riche que ce qu'il pouvait voir.

Grâce à Athéna, il avait découvert qu'une déesse arpentait la terre et que tout était possible.

Oui, avec de l'amour, tout était possible.

Vous avez aimé ce roman ?
Retrouvez en numérique les romans qui lui sont liés :

1. *L'époux d'un scandale,* Jackie Ashenden
2. *Une servante pour épouse,* Jackie Ashenden
3. *La captive de la forêt,* Millie Adams